Cliff Wolter

Oderbruch

Berlin, März 1945

Der letzte Schein des schwindenden Tages spiegelte sich in Wasserlachen und Pfützen eines vor kurzer Zeit auf die Erde niedergegangenen Regens, machte den dumpfen Klang der sich in gleichmäßigem Schritt durch die Dämmerung auf den Bahnhof zu bewegenden Marschkolonne, das die Luft füllende Klirren und Knarren der mit geführten Geräte und Waffen noch bedrückender.

Nach nur drei Monaten härtester Ausbildung war ganz überraschend für die Panzerjäger, einer neu aufgestellten Einheit, der man Helge Hopp gleich zu Beginn seines Wehrdienstes zugeteilt hatte, der Befehl zum Ausrücken an die Front gekommen. – Helges Erleichterung, daß der harte Drill der letzten Wochen endlich ein Ende hatte, wandelte sich schon bald in ein Gefühl von Unbehagen, als er für den Einsatz an der Front ausgerüstet, nach einem letzten Appell im Kreis seiner Kameraden aus der ihm während der vergangenen Monate zum ungeliebten Heim gewordenen Kaserne hinausmarschierte.

Nur wenige Passanten begleiteten den Zug der Männer, die schweigend dem Bahnhof zustrebten. – Die Zeit der euphorischen Begeisterungsstürme war nach den lange zurückliegenden Siegen, den in jüngster Vergangenheit als strategisch wichtige Frontbegradigungen getarnten Niederlagen und den bei Tag und Nacht geflogenen Luftangriffen von alliierten Flugzeugen in mit Trümmer und Schutt bedeckte Friedhöfe verwandelten Städte vorbei. – Die Menschen blickten nur noch desinteressiert oder voller Mitleid auf das Aufgebot junger Soldaten, von denen schon längst niemand mehr ernsthaft glaubte, daß sie noch eine Wendung im Geschehen herbeiführen könnten.

Mit Verbitterung dachte Helge an die noch nicht lange zurücklie-
gende Zeit, in der man ihm noch siebzehn Jahre alt den Zutritt zu
nicht jugendfreien Filmen verwehrt hatte. Und plötzlich war er vom
einen auf den anderen Tag durch die Kraft eines bedruckten Pa-
piers, daß ihn als Erstes in den Arbeitsdienst und gleich anschließend in den Wehrdienst zwang, von einem Jugendlichen zu einem
Mann geworden, der nun die gleichen Rechte aber auch zweifel-
haften Pflichten eines solchen zu erfüllen hatte. Obwohl er sich
schon lange gewünscht wie ein Erwachsener behandelt zu werden,
konnte er sich darüber nicht mehr so recht freuen.

Immer wieder sah Helge verstohlen zu den sie am Straßenrand begleitenden Menschen, sah in ihre mitleidigen Gesichter und sah
auch die Frau, die beharrlich auf gleicher Höhe mit ihm marschierte
und erkannte in ihr, als sie sich im fahlen Licht einer abgedunkelten
Laterne zeigte, seine Mutter.

Mit staunender Bewunderung hatte er ihren Einfallsreichtum, eine
ihm bisher verborgen gebliebene Eigenschaft seiner Mutter kennengelernt, wenn es darum ging die Posten am Tor der Kaserne zu
überlisten, nur um ihn, Helge, zu sehen. Sie hatte sich immer wieder
unter die Besucher anderer, in der gleichen Kaserne stationierter
Truppenteile gemischt, wenn denen Einlaß gewährt wurde. – Woher
wußte sie aber, fragte er sich, daß er ausgerechnet an diesem Abend
an die Front ausrücken mußte? – Konnte sie hellsehen, oder war es
das feine Gespür einer Mutter, die ahnte, daß sie eines ihrer Kinder
hergeben mußte, es vielleicht für immer verlor?

Wie ihm bedeutend, daß sie ihn in Gedanken begleiten, ihn niemals vergessen werde, schritt sie neben ihm her, trat plötzlich näher, drückte ihm ein kleines Buch in die Hand und sagte beschwörend; er möge ab und zu darin lesen, weil es ihm die Erinnerung an
die Heimat wach halten würde, und er solle ja gut auf sich achten!

Noch bevor Helge sagen konnte; „ ich werde mein möglichstes

tun", war sie aus der Kolonne gedrängt, stand wie verloren am Straßenrand und hob mit einem stillen, schmerzlichen Lächeln die Hand zu einem letzten Gruß.

Er bekam keine Gelegenheit mehr ihren Gruß zu erwidern. Von den Befehlen der Offiziere zur Eile getrieben, warf er nur einen kurzen Blick auf das Buch, steckte es achtlos in eine Tasche seiner Uniformjacke und folgte seinen Kameraden auf den Bahnhof und in die Wagen des dort bereitstehenden Zuges hinein.

Kaum hatte Helge seinen Platz im Abteil eingenommen, beugte er sich nach vorn und versuchte hinter dem Fenster etwas zu erkennen. Sein Bemühen war vergeblich. Statt dessen erblickte er in der Scheibe des Abteilfensters – sich nicht bewußt, daß es sein eigenes war – das von einem viel zu großen Stahlhelm umrahmte, bleiche Gesicht eines angsterfüllten, jungen Mannes.

Plötzlich wurde ihm klar, daß er nun keinen ihm nahestehenden Menschen mehr neben sich hatte, er von nun an, für nicht absehbar lange Zeit auf sich selbst gestellt war. Er ahnte nicht, wie nahe er in seinem Unterbewußtsein der Wahrheit gekommen war.

Das Anrucken des Zuges, der ihn in das Oderbruch, an die Ostfront bringen, ihn einem ungewissen Schicksal zuführen würde, vertiefte seine Niedergeschlagenheit, an der auch die aufmunternden, wohlmeinenden Worte des Oberfeldwebels, seines Geschützführers nichts änderten, der ihn, den Jüngsten seines Trupps beschwörend ermahnte; dicht bei ihm zu bleiben und sich ganz nach ihm zu richten, ihm sicher nichts geschehen würde, wenn er das beherzigte.

Mechanisch, ohne von dessen Worten überzeugt zu sein, nickte Helge mit dem Kopf und blickte wieder aus dem Fenster, hinter dem die vorübereilende Landschaft von der gleichen Finsternis verborgen ward, die auch seine Zukunft verhüllte.

Unbewußt griff er in seine Uniformjacke, zog das kleine Buch hervor, schlug es auf und begann zum ersten Mal nachdem er es von seiner Mutter erhalten, in ihm zu lesen. – Schon nach wenigen Sätzen fielen ihm die Augen zu und er begann, vom eintönigen Klang der rollenden Räder in einen Trance ähnlichen Zustand versetzt, von einer glücklicheren Vergangenheit zu träumen.

Pommern 1943

Das gleichmäßige Rattattatam des dahineilenden Zuges, daß seine Eltern, seinen Bruder und ihn seit Stunden begleitete, brachte sie der Stadt immer näher, in der ihre Großeltern lebten, sie geboren waren.

Vom langen Sitzen und der langweiligen Eintönigkeit der Landschaft, die am nur wenig Ausblick gewährenden Abteilfenster vorüberzog ungeduldig geworden, bat Helge seinen Vater immer wieder, bis dieser, nicht Helges, sondern seinem eigenen Verlangen nachgebend das Fenster öffnete. – Bewegungslos verharrte er am nun offenen Fenster und starrte minutenlang hinaus. Es war nicht zu erkennen, was er empfunden oder gedacht, als er endlich den Platz freigab und sich in das Abteil zurückzog.

Mit dem Gefühl einen Sieg über das gewohnheitsmäßig, oppositionelle Neinsagen seines Vaters errungen zu haben, nahm Helge nun dessen Platz am Abteilfenster ein. – Die Welt, eben noch in einen Rahmen gezwängt und klein, tat sich nun weit vor ihm auf.

Graziös hin und her schwingend wiegten sich die gelben Halme endloser Roggen- und Gerstenfelder im leichten Sommerwind unter einem Himmel, über dessen Blau einige schneeweiße Wolken dahin segelten. Umrahmt vom satten Grün ausgedehnter Kartoffel- und Rübenfelder tauchten einsam gelegene Gehöfte auf, ratterte der Zug an vereinzelte Gebüsch- und Baumgruppen vorbei. Und doch war es nicht das, was Helge seit langem voll Ungeduld zu sehen wünschte.

Vorsichtig, seinem Vater keinen Grund gebend sein Vorhaben zu unterbinden, steckte er seinen aus dem Fenster und sah in die Richtung, in der das ersehnte Ziel auftauchen mußte. Mit tiefen, genußvollen Zügen sog er den schwefligen Duft verbrannter Kohle ein, der in dicken Wolken aus dem kurzen Schornstein der Lokomotive quoll, in die Luft stieg und in Fetzen zerrissen am Zug entlang strich. – Nach langer Zeit, während er nur nach vorne geschaut, glaubte Helge zwischen dem Grün ferner Bäume das Rot von Kirchtürmen und Dächern entdeckt zu haben.

Helge wendete sich seinem Vater zu und sagte freudig erregt:

„ Ich glaube, wir sind da."

Mit einem Blick, der Helge das Gefühl gab, als sähe sein Vater durch ihn hindurch, musterte der ihn, zog seine Uhr aus der Jacke und warf einen kurzen Blick darauf. Ein undeutliches Grunzen ausstoßend stand er auf, trat an Helge und dessen Bruder, der auch an das Fenster getreten heran, beugte sich, seine Hände auf die Schultern seiner Söhne stützend aus dem Fenster und sah in die Richtung der schon nahen Stadt. – Wenige Augenblicke später richtete er sich auf, nickte gleichgültig und sagte, kein bißchen freundlich:

„ Der Junge hat recht."

Ohne sich noch um irgend etwas anderes zu kümmern, trat er in das Abteil zurück, hob die zwei großen Koffer und Mutters Tasche aus dem Gepäcknetz und stellte alles vor sich ab.

Das immer langsamer werdende Geräusch der über die Schienenstöße rollenden Räder verklang. Mit einem lauten Kreischen der Bremsen kam der Zug mit solch heftigen Ruck zum stehen, daß Helges Vater aus dem Gleichgewicht gebracht, mit Wucht auf die Sitzbank fiel. Sein zornig ausgestoßener Fluch ging im letzten erleichterten, wie von schwerer Arbeit erlöst klingendem Zischen des aus den Kesseln der nun still stehenden Lokomotive quellenden Dampfes unter, wurde von einem wirren Durcheinander undefinierbarer Töne überdeckt.

Aus einem plärrenden, blechern klingenden Lautsprecher schallten unverständliche Durchsagen über den Bahnsteig, drangen bis in die Abteile des Zuges, machten eine Verständigung fast unmöglich. In das plötzlich aufkommende Getrampel der Füße vieler eiliger Menschen, die glaubten, die im Zug untätig verbrachten Stunden nun durch Hektik und übertriebene Hast gutmachen zu können, mischte sich das immer lauter anschwellende Durcheinander vieler unverständlicher Stimmen. – Frohe, aber auch zornig hervorgestoßene Worte, Kindergeschrei, besorgt suchende Rufe, Lachen und Fluchen erfüllten die Luft.

Umständlich mit dem Gepäck hantierend, zwängte Vater sich aus dem Abteil auf den Gang hinaus und verharrte dort einen Moment. Plötzlich drehte er sich um und herrschte Helges Mutter, die noch immer auf ihrem Platz saß, in ungewöhnlich scharfer Form an:

„ Was ist? – Willst Du nicht mitkommen?"

Mutter hob verwundert den Kopf und fragte ohne aufzustehen:

„ Sag' Karl, sind wir schon da?"

Vater stieß einen schnaufenden Laut aus und setzte sich, das Gepäck mit sich schleppend, dem Wagenende zu in Bewegung.

Helge verstand nicht, warum seine Mutter immer wieder die gleichen, unnötigen Fragen stellte. Sie hätte doch längst merken müssen, daß sie Vater, der schon immer leicht zu erregen war, durch ihre manchmal phlegmatische, langsame Art noch mehr in Zorn versetzte. – Sie stand hastig auf, folgte Vater, der sich schon ein Stück entfernt hatte aber erst, nachdem sie sich im Abteil gründlich umgesehen, sich vergewissert hatte, daß nichts von dem, was sie mit sich führten vergessen war.

Im Bestreben der erzwungenen Enge in der Bahn so schnell als möglich zu entrinnen, sich wieder frei bewegen, sich austoben zu können, drängelten sich Helge und sein Bruder Sven, nicht ohne von einigen Mitreisenden scharf getadelt zu werden rücksichtslos bis zum Ende des Wagens durch und verließen mit den ersten Reisenden den Zug, liefen einige Schritte von ihm fort und spähten, in der Hoffnung ein bekanntes Gesicht zu entdecken aufmerksam umher. – Es war niemand zu sehen den sie kannten.

Der Bahnhof, eben noch leer, füllte sich schnell mit den aus dem Zug quellenden, von ihm fort strebenden Menschen, machten es Helge und seinen Bruder schwer ihre Eltern in dem aufkommenden Durcheinander zu entdecken. Ihre Mutter hatte große Mühe beide vor einer Bestrafung durch ihren Vater zu schützen, als der sie nach einigem Suchen endlich fand und geriet, wegen ihrer , Helges und Svens Eigenwilligkeit mit Vater beinahe in einen laut ausgetragenen Streit.

Vater beruhigte sich ungewöhnlich schnell. Schon wenig später waren Vater und Mutter wieder ein Herz und eine Seele und nun überschütteten sie Helge und seinen Bruder in trauter Einmütigkeit mit den schon X-mal, stereotyp wiederholten Vorhaltungen und Ermahnungen:

„Wie oft haben wir es Euch untersagt, vor uns den Zug zu verlassen? – Wie oft schon befohlen, auf uns zu warten? – Wie oft verboten, davonzulaufen?"

Vater stellte die Koffer ab und sah Helge und seinen Bruder strafend an. – Mutter nutzte die entstandene Pause, sagte, sich Vaters tadelndem Tonfall anpassend:

„Wie oft, glaubt ihr wohl, sollen wir das noch sagen?"

Vater machte eine unwillige, Mutter zum Stillsein befehlende

Handbewegung und sagte wie resignierend:

„ In letzter Zeit habe ich mich schon des öfteren gefragt, ob ihr beiden nicht hören könnt, oder nicht mehr auf uns hören wollt?"

Helge spürte sehr wohl den Zorn seines Vaters, aber auch dessen besorgte Liebe, die dieser für sie beide, seinen Bruder und ihn empfand. Er begriff nur nicht, warum seine Mutter noch sagte:

„ Oft genug haben wir es Euch jedenfalls schon gesagt."

Er mußte heimlich grinsen, als ihm nach seiner Mutter unpassenden, nicht sehr einfallsreichen Worten durch den Kopf ging, wie oft die beiden wie oft gesagt hatten.

Wie lange, fragte Helge sich, wollten seine Eltern ihn noch wie ein kleines Kind behandeln? Von den im Land herrschenden Bedingungen zur Selbständigkeit und Eigeninitiative erzogen hatte er schon einige Male in eigener Verantwortung Entscheidungen getroffen, die seine Eltern vielleicht nur widerstrebend, aber doch akzeptiert hatten. – Warum also noch dieses alberne, kleinliche Gehabe?

Nur mit Mühe gelang es Helge, das Lachen, daß wegen der von seinen Eltern ständig wiederholten Worte - wie oft - aus ihm heraus brechen wollte zu unterdrücken.

Sein Bruder konnte sich nicht so gut beherrschen. Ungehemmt, ohne zu ahnen was auf ihn zukam, kicherte er laut los.

Bei Vater, der wohl noch etwas hatte sagen wollen, brach dessen cholerische Veranlagung durch. Er drehte sich irritiert um und gab Sven, ohne Vorwarnung, eine schallende Ohrfeige. Für Helge, der sich unwillkürlich geduckt hatte, war es beachtlich die Reaktion seiner Mutter zu erleben. – Sie stürzte auf seinen Bruder, der sich die Wange hielt zu, legte ihre Arme um ihn und schrie mit einer Empörung auf, als hätte sie der Schlag getroffen:

„ Aber Karl, das kannst Du mit dem Jungen nicht machen!

Vater kümmerte sich nicht um ihrer Mutter Protest, murmelte ver-

halten: „ Was meinst Du wohl, was ich alles kann." Er nahm das Gepäck auf und warf Helge und dessen Bruder einen warnenden Blick zu, sagte laut und gut verständlich: „ Benehmt Euch ja anständig und bleibt in der Nähe, sonst...."
Was sonst kommen würde, sagte er nicht.
Helge war das Lachen vergangen. Er drückte sich aus dem Blickfeld seines Vaters und beobachtete seinen Bruder, der sich mit heftigen Bewegungen die stark gerötete Wange rieb und ihrem Vater mit bösem Blick nach starrte.
Helge nahm sich vor, seinem Vater während der zwei Wochen, die dieser blieb, so gut es ging aus dem Weg zu gehen, ihn nicht unnötig zu reizen. – Und erlebte sofort die sprunghafte Wandlungsfähigkeit seines Vaters, der sich besorgt an ihre Mutter wandte, sie fragte:
„ Gretchen, kommst Du zurecht? – Achte bitte auf die Jungen und laßt Euch nicht abdrängen."
Er nahm das Gepäck auf und setzte sich auf die Sperren am Ende des Bahnsteigs zu in Bewegung. Seine Mutter und seinen Bruder am Arm ergreifend, folgte Helge seinem Vater im angestrengten Bemühen, ihn in dem lebhaften Gequirl von Menschen nicht aus den Augen zu verlieren.
Stimmengewirr, in das sich unverständliche Durchsagen aus einem plärrenden Lautsprecher mischten, füllte die Luft. Das ungeduldige Drängen und Schieben nahm an Stärke zu, je näher sich der Strom der Reisenden dem Ausgang näherte, immer enger zusammen strebend wie in einem Trichter staute, sich durch die Sperren zwängte.
Zwischen den laut ausgestoßenen Verwünschungen und Flüchen hörte man nur noch selten ein frohes Lachen, ein freundliches Wort. Jeder schien es eilig zu haben, benahm sich, als befände er sich in Zeitnot, könnte etwas Wichtiges, Entscheidendes versäumen.

Helge bewunderte die Ruhe seines Vaters, der sich sonst im Allgemeinen über jede Kleinigkeit aufzuregen pflegte. – Er stemmte sich mit aller Kraft gegen die sich zwischen sie Drängenden, schirmte sie, Helge, seine Mutter und seinen Bruder, bis sie die Sperre erreichten so gut es ging ab, führte sie aus dem Gewühl der sich in der großen Halle verteilenden Menschen und geleitete sie durch das Portal auf den weiträumigen, von der tief stehenden Nachmittagssonne beschienenen Bahnhofsplatz hinaus.

Unschlüssig blieben sie stehen und entdeckten schon bald, nachdem sie sich suchend umgesehen ihre Großeltern, die wartend am Rand des Platzes standen und zu ihnen herüber sahen.

Die meisten Menschen, die Helge seit vielen Jahren kannte, hatten sich im Wesen und ihrem Aussehen mehr oder weniger verändert. Seine Großeltern aber sahen noch immer so aus, wie er sie schon als kleines Kind erlebt, in Erinnerung hatte. – Großmutter war von Statur klein, wirkte beinahe zierlich. Und doch steckte in ihrem zarten Körper eine ungewöhnliche Kraft, die sie in die Lage versetzte, die schwere Arbeit auf dem gemeinsamen Bauernhof zu meistern. Ihr schönes Gesicht zeugte von der Ruhe und Ausgeglichenheit ihres Wesens. —Helge liebte sie über alles! – Seinen Großvater aber, er war zwei Köpfe größer als sie, hager, mit einem leicht ironischen Zug in seinem dunkelbraunen, vom Wetter gegerbten Gesicht und den zwei tief eingekerbten Falten über der Nasenwurzel, die seinen blauen Augen einen spähenden, in die Ferne gerichteten Ausdruck verliehen, verehrte er.

Er wollte auch ein Bauer werden, wie sein Großvater einer war. Sein Großvater wußte das, und liebte ihn dafür. Er hatte Helge schon mit auf die Felder genommen, als der noch ganz klein war, hatte ihm erklärt und gezeigt wie gepflügt und gesät, wie geerntet wurde, hatte ihm den Umgang mit den Tieren gelehrt.

Älter geworden, hatte Helge sich oft gefragt, woher Großvater, der ein großes Pensum an Arbeit zu verrichten hatte, die Ruhe und Geduld hergenommen, die ständige Nähe eines kleinen Jungen und dessen unablässige, neugierige Fragen zu ertragen, sich sogar die Zeit nahm diese geduldig und umfassend zu beantworten.

Wenn dann die Ferien, die Helge mit seinen Eltern und seinem Bruder immer auf dem Hof seiner Großeltern verbrachten zu Ende gingen, sie wieder nach Berlin zurückkehren mußten, war nicht nur er, Helge, sondern auch Großvater von großer Traurigkeit erfüllt.

Nun waren sie aber endlich wieder einmal hier. – Es waren inzwischen beinahe vier Kriegsjahre vergangen in denen sich vieles verändert hatte, nicht aber das Verhalten der Großeltern. Das Strahlen ihrer Gesichter zeigte die große Freude, seine Eltern, seinen Bruder und ihn, Helge, nach langer Zeit wiederzusehen.

Obwohl noch vom Bann seiner Eltern belegt, gab es für Helge kein Halten mehr. Auf die mahnenden Rufe seiner Eltern nicht achtend, stürmte er, gefolgt von seinem Bruder auf die beiden reglos wartenden Gestalten zu. Großvater ließ seinen Arm, den er fürsorglich um Großmutters Schultern gelegt hatte sinken und gab sie frei.

Weit die Arme ausbreitend trat Großmutter auf Helge und Sven zu und umschlang die Beiden in übermäßiger Liebe zu ihnen mit einer Kraft, die ihnen den Atem nahm. – Helge spürte das leichte Beben, daß den Körper seiner Großmutter durchlief, während sie ihn und seinen Bruder abwechselnd küßte, hörte ihre gedämpfte, kaum zu verstehende, mit den Tränen kämpfende Stimme:

„ Min Diebels us Berlin sin hie. "

Sie schluckte und drückte noch fester.

„ Aber Mutter, Du bringst sie ja um. "

Seiner Mutter besorgte Stimme drang gedämpft an Helges Ohr. Großmutters heftige Umarmung lockerte sich und sie ließ ihn und

seinen Bruder frei. – Nicht das es Helge an Liebe zu seiner Großmutter mangelte, war er doch froh aus ihrer Umarmung erlöst zu
sein, wieder frei atmen zu können.

Großmutter wendete sich nun Mutter zu, gab ihr einen Kuß auf die
Wange und stellte die Frage, die sie, solange Helge sich erinnern
konnte, schon immer als Erste gestellt hatte:

„ Gretchen, wie lange könnt ihr dieses Mal bleiben? – Wann fahrt
ihr wieder ab?"

Fasziniert lauschte Helge dem Wortwechsel der beiden Frauen, der
sich bisher in der gleichen Weise bei jedem ihrer Besuche wieder-
holt hatte, erlebte wieder die Empörung seiner Mutter, die anscheinend nicht verstand, daß Großmutter schon jetzt, am Tag ihrer Ankunft mit Sorge an den unvermeidlichen Abschied dachte.

Mutter brauste unbeherrscht auf:

„ Warum fragst Du das? – Wir sind doch gerade erst angekommen.
Da fragst Du schon, wann wir wieder abfahren. – Wir bleiben nicht
so lange wie sonst, aber doch vier Wochen."

Großmutters Enttäuschung war nicht zu übersehen, als sie sich zu
Großvater umdrehte und leise sagte:

„ Hast Du es gehört, Rudolf? – Sie bleiben dieses Mal nur vier
Wochen. – Und ich hatte gehofft, sie blieben länger."

Großvater nickte mit dem Kopf, brummelte etwas unverständliches
vor sich hin und ging zu Helges Mutter. Ganz zart nahm er ihren
Kopf in seine starken, braunen Hände, gab ihr einen Kuß auf die
Stirn und fragte weich:

„ Wie geht es Dir, mein Kind?"

„ Es geht mir gut, Vater."

Wie immer, wenn seine Mutter neben diesem starken, selbstbe-
wußten Mann stand, kam sie ihm klein, hilf- und schutzbedürftig
vor. – Großvater legte einen Arm um ihre Schultern und drückte sie

fest an sich, behandelte sie wie einen kostbaren Schatz. – Erst viel später begriff Helge, was er als Junge nicht verstand. – Daß sein Großvater stolz auf die Eine seiner drei Töchter war, die ihm als Einzige zwei Söhne geboren, von denen er ihn, Helge, zu seinem Nachfolger erwählt hatte. –-Wer konnte damals schon ahnen, daß alles ganz anders kommen, sich Großvaters, aber auch Helges Hoffnungen sich niemals erfüllen würden.

Keiner beachtete Helges Vater, der sich mit ärgerlichem Gesicht, leise Verwünschungen vor sich hinmurmelnd mit dem Gepäck abquälte, zornig den Atem ausstoßend hinter ihnen her auf den Leiterwagen zu bewegte, mit dem Großvater sie schon immer vom Bahnhof abgeholt hatten.

Irgendwie tat Vater Helge leid. – Sein Vater war und blieb ein Außenseiter in der Familie. – Warum das so war, konnte niemand erklären. Er wurde, nun einmal da, still geduldet. – Aber schon nach wenigen Augenblicken vergaß Helge seinen Vater, als er Lotte, die nachtschwarze Stute, die sein Großvater vor den Wagen gespannt hatte erblickte.

Wie auch die zwei anderen Pferde seines Großvaters liebte er dieses Tier. Er eilte auf das Tier zu und schlang seine Arme um dessen Hals. – Mit einem erschreckten Schnaufen wich die Stute zurück, stampfte und scharrte nervös mit den Hufen über den Boden, versuchte sich aus Helges Umklammerung zu befreien. – Helge ließ nicht locker, hielt sie fest, brachte sein Gesicht ganz nah an ihr Maul und blies ihr seinen Atem entgegen. – Als wenn sie sich an etwas erinnere stand Lotte, die Stute, plötzlich still, hob den Kopf und schnaubte laut, senkte den Kopf und strich mit ihren Nüstern sacht über Helges Gesicht, wie ihm bedeutend, daß sie ihn wiedererkannt hatte. – Helge war unendlich glücklich.

Der leichte Druck von seines Großvaters Hand und dessen warme

Stimme ließen ihn Lotte vergessen:
„ Komm, mein Sohn, fahren wir Heim."
Heim! – Was für ein gutes, Sicherheit bietendes Wort.
Helge war stolz neben seinem Großvater auf dem Kutschbock und
nicht wie sein Bruder auf einem quer gelegten Brett zwischen
Großmutter und seiner Mutter, die sich leise unterhielten, zu sitzen.
Sein Vater starrte nur mißmutig vor sich hin.
Nun, da der Wagen rollte, sah Helge sich neugierig um. Der Anblick der breiten Straße, die vom Bahnhof in die Stadt hinein führte,
war noch immer derselbe, hatte sich nicht geändert, und doch kam
ihm alles neu, wie verwandelt vor.
Im ersten Moment konnte er nicht erkennen, welcher Art von
Verwandlung das war. Er ließ seine Augen wandern, schaute aufmerksam umher und bemerkte schon bald, daß die Stadt stiller geworden, die Menschen, die sich in ihr bewegten nicht mehr die unbeschwerte, fröhliche Leichtigkeit ausstrahlten, alles an Lebendig-
keit und Farbe verloren hatte. – Auch Großvater, der sonst heiter
geplaudert, war still, schlug nur ab und zu leicht auf Lottes Rücken,
sah weder nach rechts noch nach links, sah nur auf den im gleichmäßigen Rhythmus sich bewegenden Körper des den Wagen ziehenden Pferdes.
Ungeduldig rutschte Helge auf seinem Sitz hin und her, konnte
kaum erwarten den Hof und die Ställe, Scheune und Garten seiner
Großeltern neu zu erforschen, saß aber sofort still, als seines Großvaters gelassene Stimme, wohl wissend was in ihm vorging an sein
Ohr drang:
„ Bis zur Erfüllung Deiner Wünsche wirst Du Dich noch ein kleines Weilchen gedulden müssen."
Es dauerte auch nicht mehr lange. Denn schon bald, nachdem sie
die Straßen der Innenstadt hinter sich gelassen und über das grobe

Kopfsteinpflaster rumpelnd den Radeberg hinauffuhren, kam das von ihm mit Ungeduld erwartete Ziel der Reise, der Hof seiner Großeltern in Sicht. – Großmutter stieg vom Wagen, öffnete das große Tor und sie fuhren, begleitet vom lauten Gebell, mit dem Großvaters Hund Hasso freudig erregt den Wagen umkreiste, in das Gehöft ein.

Noch bevor der Wagen ganz stand, sprang Helge, nicht auf Hassos wildes Gebell achtend vom Bock und rannte, des Hundes hechelnden Atem hinter sich spürend auf die Ställe zu. Achtete nicht auf seiner Mutter befehlende, laut hinter ihm her schallende Stimme:

„ Halt! – Halt! – Wo willst Du hin? – Komm ganz schnell wieder zurück! – Erst werden andere Sachen angezogen."

Die Worte rauschten, zwar gehört, an Helge vorbei. – Gefolgt von Hasso stürmte er auf die Erstbeste, offen stehende Stalltür, auf Quietschen und Grunzen zu, langte, die Boxen erreichend über das Gatter und strich den sofort nach Futter schreienden Schweinen über den Rücken, wendete sich nach wenigen Augenblicken ab und hastete, die Schweine verlassend, in den daneben liegenden Kuhstall, blieb gleich hinter der Tür stehen und sah die Kühe der Reihe nach finster an. – Er hatte ihre Namen, die sie alle besaßen vergessen, aber doch waren sie noch immer dieselben, die ihn als kleinen Jungen oft in Panik versetzt, ihn aus Verzweiflung hatte weinen lassen.

Mit Freuden, er fühlte sich stark und erwachsen, hatte er als Junge das Amt übernommen, am frühen Morgen die Kühe seines Großvaters auf die vor der Stadt liegende Weide zu treiben und hatte jeden Tag das gleiche Desaster erlebt. – Großvaters aus der Stadt auf die Weide hinausziehende Kühe mischten sich immer wieder unter die den gleichen Weg gehenden anderer Bauern, verschwanden aus seinem Blick, schufen in ihm die schreckliche Gewißheit, sie niemals mehr wiederzusehen.

Ängstlich und schuldbeladen war Helge zurück geschlichen, hatte es nicht gewagt seinem Großvater zu sagen, daß er die Herde verloren hatte.

Den ganzen Tag war er seinem Großvater aus den Weg gegangen, hatte eine Bestrafung erwartet, als dieser ihn am Abend aus einer Ecke hervortretend einfing, ihn zum Stall führte. – Mit einem liebevollen Blick auf Helge und seine Kühe strich Großvater, ihm zeigend daß er seine Nöte kannte über den Kopf:

„ Du mußt keine Angst haben, mein Junge. - Du möchtest auch einmal herumtollen, möchtest nur tun was nur Dir Spaß macht. – Und so tun es die Kühe auch. - Sie nehmen sich manchmal die Freiheit und gehen ihre eigenen Wege. Aber deswegen mußt Du nicht gleich in Panik geraten, sie finden alleine auf ihre Weide und in ihren Stall zurück.“

Immer wieder hatte Helge in der nachfolgenden Zeit sich die Worte seines Großvaters vorgesagt und war doch die Angst niemals losgeworden, seines Großvaters Kühe eines Tages ganz zu verlieren.

Helge wischte die Erinnerung zur Seite, trat einige Schritte auf die Kühe zu und sagte triumphierend:

„ Mich versetzt ihr nicht mehr in Angst und Schrecken!“

War aber sofort von Schrecken erfüllt, als er die strenge Hand seines Vaters in seinem Nacken spürte, der ihn, es war beinahe besorgniserregend, ohne ein Wort des Zorns vor sich herschiebend aus dem Stall, über den Hof in das Haus eskortierte, ihn noch einmal warnend ansehend seiner Mutter übergab.

Enttäuscht von seines Vaters Eingreifen sah er ihm nach, als dieser den Raum verließ, nahm ihm übel, daß er ihm den größten Wunsch, noch die Pferde zu sehen zerstört hatte. – Verbittert verzichtete er

auf weitere Eskapaden, vertagte noch von ihm durchzuführende Exkursionen auf später.

Oderbruch März 1945

Der Ruck des haltenden Zuges und die an seiner Schulter rüttelnde
Hand weckten Helge aus seinem Traum.
„ Was ist", fragte er verwirrt?
„ Höre auf zu träumen und komm' in die Wirklichkeit zurück",
klang die harte Stimme des Oberfeldwebels, seines Geschützführers
an sein Ohr.
Es ist Wirklichkeit von der ich träumte war Helge versucht zu sagen, erhob sich stumm von seinem Platz und folgte dem Oberfeldwebel aus dem Zug, stieg auf das aus Zugmaschine und Panzerabwehrkanone bestehende Gespann und fuhr, inmitten seiner Kameraden in die dicht an der Front gelegene Stadt.
Von der Stille, die in der Nähe des Bahnhofes geherrscht hatte,
war nichts mehr geblieben, als sie mit ihrem Gespann in die Haupt-
straße der Stadt einbogen. – Aus irgend einem der nahen Häuser,
einem Lokal, wie sie schon bald feststellten, schallten Stimmen,
lauter Gesang und übermütiges Lachen auf die Straße heraus.
Sich zu informieren, ließ der Oberfeldwebel halten und absteigen.
Helge, der den anderen Männern gefolgt, betrat als Letzter das Lokal und blieb abrupt stehen, als ihm ein Schwall abgestandener, von
Zigarettenrauch und Alkoholdunst geschwängerter Luft entgegen
schlug, drohte, ihm den Atem zu nehmen. Der unbeschreibliche
Lärm, der den Raum füllte, ließ ihn daran zweifeln, daß noch ir-

gend jemand ein an ihn gerichtetes Wort verstand. Es war, als feierten hierher kommandierte Soldaten und noch nicht geflohene, in der Stadt gebliebene Zivilisten, Frauen und Männer, ahnend, daß der trügerische Friede schon bald Vergangenheit sein würde ein großes Fest, führten noch einmal einen grotesken Freudentanz auf.

Und doch schien es in diesem chaotischen Gewirr eine Instanz zu geben, die den Durchblick behielt, alles im Griff hatte.

Helge und seinen Kameraden blieb nur wenig Zeit sich an dem noch einmal unbeschwerte Freude verbreitenden Trubel zu beteiligen. – Verwirrt starrte er auf die Schnapsflasche, die man ihm und seinen Kameraden, ob zur Dämpfung der Angst oder Anhebung der Kampfmoral in die Hand gedrückt hatte und lauschte auf die von seinem Geschützführer vorgetragenen Befehle eines ihnen verborgen gebliebenen Oberkommandos, daß sie ohne Verzögerung an die Front trieb. Eilig folgte er seinen Kameraden auf die Zugmaschine und machte es sich hoch oben auf den Munitionskisten bequem.

Das laute Rasseln der Ketten ihrer Zugmaschine übertönte den lauten Trubel der Zurückbleibenden, fröhlich Feiernden, als sie, wegen der in der herrschenden Dunkelheit nur schwer erkennbaren, an vielen Stellen in der Straße klaffenden Granattrichter nur wenig schneller als im Schrittempo die Stadt in Richtung der Front verließen.

Die Schwärze der Nacht wurde nur von fernen Lichtblitzen detonierender Granaten und vereinzelt in den Himmel aufsteigender, fahles Licht verbreitender, langsam zur Erde herab schwebender Leuchtraketen erhellt. – Das dumpfe Grummeln der immer näher kommenden Front nahm stetig zu, verstärkte noch Helges mühsam verborgene Ängste, ließ ihn bei jedem Pfeifen vorüberfliegender Kugeln erschreckt zusammenzucken, sich wie ein verängstigtes Kind ducken, weil er fürchtete mit einem gewaltigen Knall zu vergehen, wenn eines dieser verirrten Geschosse in die Ladung Panzer brechender Granaten, auf der er und seine Kameraden saßen einschlagen, sie zünden würde.

Mit Bewunderung sah er auf den Oberfeldwebel, der, wie er meinte, Heldenmut zeigend, ungerührt sitzen blieb, als gäbe es keinerlei Gefahr.

Als hätte der Helges Ängste längst erkannt, versuchte er den jüngsten und unerfahrendsten seiner Männer mit Worten zu beruhigen und verfluchte innerlich, daß man ihn zwang halbe Kinder in den Kampf, in den längst absehbaren Untergang zu führen. – Es fiel ihm schwer einen gewissen Zynismus zu unterdrücken und sachlich zu sein, als er Helge zu erklären versuchte, daß die Kugel, die man hörte schon an einem vorübergeflogen war, von der aber, die einen traf nichts hörte, sie nur fühlte, wenn man dazu noch genug Zeit hatte.

Helge beruhigte das nicht. – Er duckte sich, er konnte nicht dagegen an, bei jedem Pfeifen einer verirrten Kugel immer wieder, wünschte, daß die ihm endlos lang erscheinende Fahrt endlich zu Ende ging, er wieder von der Höhe der Munitionskisten auf die ihm eine scheinbare Sicherheit bietende Erde herabsteigen konnte und fühlte sich erleichtert, als sie die ersten Häuser eines Dorfes erreichten, in dieses einfuhren.

Der Oberfeldwebel ließ das Gespann halten, stieg ab und begab sich auf die Suche nach dem Bataillonsgefechtsstand dieses Frontabschnitts, um letzte Informationen einzuholen.

Schon nach kurzer Zeit kehrte er zurück und dirigierte den Fahrer ihrer Zugmaschine zum letzten Gehöft des Dorfes, hinter dessen, ihnen Deckung gebendes Tor. Vom ungewohnten Alkohol leicht benommen kletterte Helge unbeholfen auf den Boden hinunter und folgte seinen Kameraden in das, von seinen Besitzern verlassene

Haus. Erleichtert, vom Oberfeldwebel nicht gleich zu einer Wache bei ihrem Geschütz eingeteilt worden zu sein, sank er in einen der Sessel und schlief augenblicklich ein.

Es war noch nicht Tag, die Welt noch in ein fahles Dämmerlicht getaucht, als Helge von einem seiner Kameraden unsanft geweckt und unwirsch aufgefordert wurde, ihm unverzüglich nach Draußen zu folgen, da sie sofort mit dem Ausbau einer Stellung beginnen müßten. Helge beeilte sich dem anderen zu folgen, als dieser den Raum verließ.

Ein Schauer lief durch seinen Körper, als er aus der Wärme des Hauses in die kalte Morgenluft hinaustrat und sich zu seinen Kameraden gesellte, die mit allen möglichen Geräten in den Händen, mißmutig den Weisungen ihres Geschützführers lauschten. In kurzen, knappen Sätzen erklärte der den Männern was sie tun und worauf sie besonders achten sollten.

Ohne Hektik, aber mit großer Umsicht arbeiteten sie während der nächsten Tage beinahe pausenlos am Ausbau einer Stellung, die der 7,5 cm Panzerabwehrkanone ein gutes Schußfeld, ihnen ein hohes Maß an Deckung, nicht aber an Sicherheit bot.

Helge, der sich an das ständige Rumoren der nahen Front und halbwegs an die kurzen Feuerüberfälle der russischen Artillerie gewöhnt hatte, war erstaunt über die Ruhe, die herrschte. – Er hatte schlimmeres erwartet, verdrängte die Ahnung in seinem Innern, daß er sicher noch schlimmeres erleben würde und genoß die ruhigen Stunden und Tage, die ihm noch blieben.

Nachdem die Arbeit an der Stellung beendet, es für sie nichts mehr zu tun gab, suchte Helge sich einen windstillen, ruhigen Platz hinter der Scheune und genoß dort die schon schwach wärmenden Strahlen der Märzsonne.

An die Wand der Scheune gelehnt, schweifte sein Blick über das

Oderbruch, über eine Landschaft, die sich weit und kahl vor ihm dehnte, ihn vielleicht wegen ihrer kargen Eintönigkeit an Pommern, seine Heimat erinnerte. Ihn überkam ein warmes Gefühl, weckte den unmöglichen, nicht erfüllbaren Wunsch in ihm, Daheim, auf dem Hof seiner Großeltern zu sein.

Sich seiner Handlung nicht bewußt, griff er in die Uniformjacke, zog das kleine Buch, daß seine Mutter ihm zugesteckt hatte hervor und begann in ihm zu lesen, was er vor nicht langer Zeit selbst in dieses geschrieben hatte, war schon nach wenigen Zeilen, tief in Gedanken versunken, in einer anderen, veränderten Welt.

Pommern 1943

Die Sonne war nocht nicht aufgegangen, als Helge, nach einer Nacht, in der er ohne Traum, wie ein Toter geschlafen, erwachte. Die Gegenstände, die im Raum verteilt standen, waren im diffusen Dämmerlicht des frühen Morgens nur schwer zu erkennen. – Vorsichtig, um niemand zu wecken, stieg er aus dem Bett, streifte sich, nachdem er das Nachthemd abgelegt, eine Hose und ein leichtes Hemd über und schlich auf den Hof hinaus. Im Glauben als erster erwacht zu sein, wich er erschrocken bis an die Hauswand zurück, als er vor sich seinen Großvater erblickte.

Der hatte schon den großen Heurechen an den Leiterwagen gehängt, einige hölzerne Harken und eine Sense auf den Wagen gelegt, hatte die Pferde getränkt und auf den Hof geführt, war gerade dabei die beiden Braunen vor den Wagen zu spannen, als er Helge erblickte. – Er hielt in seiner Arbeit inne und sah Helge verwundert an:

„ Was tust Du schon hier? – Warum bist Du nicht mehr im Bett?“

„ Ich kann nicht mehr schlafen, Opa.“

Helge trat zaghaft an die Pferde heran und strich ihnen, seine Verlegenheit verbergend vorsichtig über den Hals. Er wagte nicht seinen Großvater anzusehen, konnte nicht erkennen, in welcher Stimmung, er vielleicht sogar böse auf ihn war. Er nahm seinen ganzen Mut zusammen und fragte:

„ Wo fährst Du schon so früh hin, Opa?“

„ Ich muß das Heu, daß ich vor einigen Tagen gemäht habe einfahren, bevor es ein plötzlich einsetzender Regen wieder naß macht.“ Er unterbrach seine Arbeit und sah Helge prüfend an: „ Möchtest Du mitkommen und mir dabei helfen?“

„ Aber ja!“ Brach es spontan aus Helge heraus: „ Wenn ich darf?“

„ Natürlich, mein Sohn. – Lauf nur ins Haus und sag‘ Deiner Mutter bescheid, damit sie sich nicht ängstigt.“

Von seines Großvaters Zustimmung begeistert stürmte Helge ins Haus und war schon wieder auf dem Hof, noch bevor seine Mutter auf seine wild aus ihm sprudelnden Worte, mit denen er ihr erklären wollte, was er vorhatte, antworten konnte, saß schon auf dem Wagen, bevor Großvater mit dem Anspannen der Pferde fertig war.

Großmutter musterte Helge erstaunt, als sie ihn erblickte, stellte einen gefüllten Korb auf den Wagen und gab Helges Mutter, die ihr aus dem Haus gefolgt war noch einige Anweisungen für den Tag. Mit Sorgfalt schlang sie sich ein schwarzes, mit bunten Feldblumen bedrucktes Tuch um den Kopf, stieg, von Großvater gefolgt auf den Wagen und setzte sich neben Helge auf die Bank. – Sie sagte kein einziges Wort.

Großvater nahm die Zügel auf und schnalzte mit der Zunge. Und nach einem kurzen Knall mit der Peitsche zogen die Pferde an, zogen das Gespann die leicht ansteigende Straße hinauf aus der Stadt, in das fast baumlose, weite Land, auf die Felder hinaus.

Die Fahrt ging an gemähten Wiesen, die nach Kräutern und frisch geschnittenem Gras rochen, an ausgedehnten Roggen-, Gerste- und Haferfeldern, in denen das Rot von blühendem Mohn und das Blau von Kornblumen im Sonnenlicht leuchtete vorbei.

Außer dem Stampfen der Pferdehufe und dem Mahlen und Knarren der Räder des Wagens war kaum ein Laut in der frischen Luft des beginnenden Tages zu hören. – Helge saß ganz still, ließ seine Augen wandern und erfreute sich an den prachtvollen Farben der Blumen, die sich zu beiden Seiten des Weges im leichten Wind wiegten.

Nach einer Zeit, die Helge wie eine angenehme Ewigkeit vorgekommen, näherten sie sich ihrem Ziel. – Großvater lenkte die Pferde von der Straße herunter, einen sandigen Weg zwischen den Feldern entlang, auf einen einsam am Feldrand stehenden Baum zu und stieg ab. Er koppelte den großen Heurechen vom Wagen und spannte eines der Pferde, nachdem er das andere im Schatten des Baumes angebunden hatte, davor und begann das von Sonne und Wind getrocknete Heu, daß lose ausgebreitet auf dem Feld lag in große Haufen zusammen zu rechen.

Großmutter breitete im Schatten des Baumes eine Decke aus, stellte den von ihr mitgebrachten Korb ab und legte eine grobe Arbeitsschürze an. Sie holte zwei hölzerne Harken vom Wagen, drückte eine von ihnen in Helges Hand und sagte im Weggehen:

„ Komm, mein Junge, helfen wir Großvater bei der Arbeit."

Helge beeilte sich ihr zu folgen und begann das Heu, daß der große Rechen nicht erfaßt hatte zusammen zu harken. Es war, da die Sonne schon hoch stand eine mühselige, schweißtreibende Arbeit. Obwohl an diese Arbeit nicht gewöhnt, gab er nicht auf, schaffte unermüdlich weiter, verfluchte aber im Stillen seinen dummen Eifer, nahm sich selbst übel, daß er überall dabei sein wollte, wenn sein Großvater etwas tat. Mit Verbitterung und stiller Wut dachte er an seinen Bruder, der sich nun, sicher über ihn lachend, mit angenehmeren Dingen beschäftigte.

Als er die verstohlenen, liebevollen Blicke seiner Großmutter und den anerkennenden Ausdruck in den Augen seines Großvaters bemerkte, vergaß er seinen Bruder, arbeitete noch verbissener, achtete nicht mehr auf den Schweiß, der ihm in Strömen über den nackten Oberkörper und die bloßen Beine floß.

Irgendwann wechselte Großvater das Pferd und sie schafften ohne Pause weiter, waren kurz nach der Mittagszeit fertig.

Nicht ahnend, daß erst ein Teil der Arbeit getan war, ließ Helge sich im Schatten des Baumes auf die Decke fallen und streckte sich lang aus. Großvater trat, nachdem er aus einem großen, neben dem Baum stehenden Faß die Pferde getränkt hatte an Helge heran, beugte sich zu ihm herab und strich ihm über den Kopf:

„ Gut gemacht, mein Junge. – Du wirst einmal ein tüchtiger Bauer sein."

Das Lob seines Großvaters machte Helge unendlich stolz.

„ Komm ", Großvater nahm Helges Hand und zog ihn hoch, „ wer wie ein Mann arbeitet, soll auch wie ein solcher essen, er hat es sich redlich verdient." Er blinzelte spitzbübisch mit den Augen und wendete sich Großmutter zu: „ Was kannst Du Deinen Männern an Köstlichkeiten bieten, mein Schatz?"

In Großmutters Gesicht kam ein stilles Lächeln. Wortlos leerte sie den Korb und breitete alles, was sie in ihm verstaut hatte auf der Decke aus. – Schweigend begannen sie zu essen.

Schon nach wenigen Bissen sank Helge ermattet in das Gras neben der Decke zurück, atmete in tiefen Zügen den Duft von Heu, Kräutern und wild wachsenden Blumen. Nur noch leise hörte er, während ihm langsam die Augen zufielen das gedämpfte Stampfen von den Hufen der Pferde, daß, alles um ihn auslöschend verklang, als er von einer plötzlichen Müdigkeit übermannt in tiefen Schlaf versank.

Ein sanftes, immer wiederkehrendes Rütteln an seiner Schulter weckte Helge aus seinem Schlaf. – Ohne noch richtig wach zu sein sah er sich verwirrt um und erkannte, daß er nur noch allein unter dem Baum lag, daß die Decke und der Korb mit dem Essen, die Pferde und Großvater verschwunden waren, nur noch Großmutter, die neben ihm hockte, bei ihm war.

„ Wo ist Opa ", kam es verwirrt, nicht begreifend wo er war aus ihm heraus?

„ Er sitzt auf dem Wagen und wartet auf Dich."

Helge aufhelfend deutete sie auf die Landstraße am Rand des Feldes, nahm ihn beim Arm und führte ihn zu dem mit Heu hoch beladenen Wagen, von dem Großvater ihm mit der Peitsche wie aufmunternd zuwinkte. – Wie frisch und munter sie noch sind, dachte Helge mit schlechtem Gewissen, nachdem sie doch einen Großteil der Arbeit, den Wagen mit dem Heu alleine, ohne seine Hilfe hatten beladen müssen.

Den Platz auf dem Kutschbock zwischen seinen Großeltern ablehnend, kletterte Helge auf den Wagen hinauf, spürte wie der Wagen sich, von den Pferden bewegt in Bewegung setzte, hörte das Mahlen der Räder im Sand und lauschte den leisen, aufmunternden Zurufen seines Großvaters, mit denen er die Pferde anspornte schneller zu gehen, die diese, den gleichen Trott beibehaltend ignorierten.

Das leichte Wiegen des Wagens weckte in Helge den Wunsch, daß die Fahrt niemals endete. Er genoß, hoch auf dem Wagen liegend, das sich immer wiederholende Wechselspiel der von der Sonne auf ihn herab strahlenden Wärme und die plötzliche Kühle des Schattens, wenn der Wagen unter einem der am Wegrand stehenden Bäume hindurch fuhr, atmete den Duft von frisch geschnittenem Heu. Er nahm sich vor eines Tages für immer zu bleiben, niemals mehr fortzugehen und fühlte plötzlich Angst, eine leise Ahnung, daß es diese Wirklichkeit, wie er sie erhoffte, vielleicht niemals geben würde.

Oderbruch März 1945

Seit etwa einer halben Stunde bewegte sich Helge, die Häuser des Dorfes als Deckung nutzend durch eine fast vollständige Finsternis, an die sich seine Augen noch immer nicht gewöhnt hatten, über die brachliegenden Felder des Oderbruchs und hoffte nicht in einen der Trichter zu stürzen, die, von der russischen Artillerie aufgerissen, wie nicht verheilte Wunden in der Erde klafften.

Das stetige an- und abschwellende Rumoren der nahen Front, das Aufblitzen von Mündungsfeuern, die schmetternden Einschläge der in unregelmäßiger Folge nah und fern explodierenden Granaten, das Zischen und Pfeifen verirrter Kugeln machten ihm weniger Angst, als der Gedanke an den Rückweg in die vor kurzem verlassene Stellung, den er im vollen Tageslicht zurücklegen mußte.

Immer wieder stehenbleibend – er konnte sich nicht erinnern, je eine dunklere Nacht erlebt zu haben – orientierte er sich im fahlen Licht aufflammender, langsam zur Erde schwebender Leuchtraketen welchen Weg, welche Richtung er einschlagen mußte um sein Ziel zu erreichen.

Leise vor sich hin fluchend, wenn er über ein nicht erkennbares Hindernis stolperte setzte er seinen Weg fort und verwünschte den

Tag, an dem man ihn, gerade erst siebzehn Jahre alt, zu dieser neu aufgestellten Panzerjäger ZBV Kompanie abkommandiert hatte, verfluchte den Ausdruck zur besonderen Verwendung, der nichts anderes bedeutete, als daß sie dort eingesetzt wurden, wo besonders viel los war. – Und hier an der Oder würde bald besonders viel los sein.

Mit ihrem 7,5cm Abwehrgeschütz hatte man sie zur Panzerbekämpfung einem Infanteriebataillon zugeordnet, blieben aber eine selbstständige Einheit. – Das hatte einige Vorteile, aber auch einen fatalen, sogar gefährlichen Nachteil: Sie bekamen ihre Verpflegung und alle anderen notwendigen Dingen, weil das Bataillon dem sie zugeteilt waren nicht für sie zuständig war, von ihrem zwei Kilometer hinter der Front gelegenen Kompaniegefechtsstand, mußten sich aber alles, was sie benötigten, selbst von dort holen.

Damit nun jeder der sieben Männer der Geschützbedienung einmal vom Streß an der Front befreit durch die freie Natur wandern und einige Stunden Ruhe in der Etappe erleben konnte, legte ihr Geschützführer, ein fronterfahrener Oberfeldwebel, an dessen verschmutzter Uniformjacke Ek1, Nahkampfspange, Verwundetenabzeichen und Panzervernichtungsabzeichen prangte, die Reihenfolge fest, wann jeder in den Genuß dieses Spazierganges kommen sollte.

Erholsamer Genuß eines Spazierganges? – Helge hatte von seinen Kameraden, die vor ihm marschiert waren, anderes gehört. – In seinem trotz der Kühle von Schweiß bedecktem Gesicht war eine seltsame Mischung von jugendlicher Ängstlichkeit und beginnender männlicher Härte. Er fragte sich warum sie das hier eigentlich noch immer taten, warum eine zum Scheitern verurteilte Sache nicht schon zu Ende war. Er jedenfalls hatte keinen Spaß an diesem verrückten Job, glaubte aber nicht, daß irgend jemand seinen Wunsch, seine Teilnahme an dem Geschehen zu beenden akzeptieren würde.

Über seine eigenen, verräterischen Gedanken erschrocken, tastete Helge nach dem kleinen Stück Papier, daß mehr noch als seine mitgeführten Waffen eine Lebensversicherung für ihn darstellte, dem Marschbefehl. - Ohne ihn wäre er von der, jeden von der Front kommenden Soldaten scharf kontrollierenden, wegen dem an Ketten vor ihrer Brust hängenden, halbmondförmigen Schild Kettenhunde genannten Feldgendarmerie als Deserteur festgenommen und im Extremfall erschossen worden, wie es mit vielen Soldaten während der letzten Kriegstage geschah.

Energisch verbannte er die unnützen Gedanken aus seinem Kopf, stapfte und stolperte unverdrossen, die leiser werdenden Geräusche der Leben zerstörenden Kampfgeräte hinter sich lassend, durch das Grau des beginnenden Tages dem in einem verlassenen Gutshof eingerichteten Kompaniegefechtsstand entgegen.

Seinem Ziel schon ganz nahe, blieb er abrupt stehen, als sich ein Teil der Sonne über den Horizont erhob und mit hellem Strahlen das weite, wie von allem Leben verlassene Land überflutete, in ihm die trügerische Illusion schuf, es herrsche tiefer Frieden.

Das harmonische Bild und das eben noch empfundene Glücksgefühl waren sofort zerstört, als Helge durch das weit offen stehende Tor gehend, den ausgedehnten Gutshof betrat. – Er stockte und starrte auf die zwei Halbkettenfahrzeuge und die an sie angehängten Kanonen und die in strammer Haltung angetretenen, jungen Soldaten, auf die ein ebenfalls noch sehr junger, nicht dekorierter Leutnant mit erlerntem, harten Kasernenton einsprach.

Noch während die zu ihm herüber klingenden Worte von Pflichterfüllung und Opferbereitschaft, vom Kampf bis zum letzten Mann, von der Verteidigung des geliebten Vaterlandes und der abendländischen Kultur gegen das Untermenschentum, von der Entstehung einer neuen Weltordnung – und nur hier bewies er Weitsicht – in Helges Ohren drangen, dachte er daran, daß auch seine Kameraden und er mit einem gleichartigen Gespann an die Front verbracht worden waren. – Mit unnötigen Phrasen hatte man sie aber verschont. Zur Hebung der Kampfmoral, oder zur Betäubung der Angst – wer wußte das schon zu sagen – hatte man jedem von ihnen eine Flasche Schnaps in die Hand gedrückt und sie ohne Tsching und Tara in Richtung der strategisch geplanten Vernichtung in Gang gesetzt.

Helge wendete sich von dem martialischen Getue ab, einer geradezu friedlichen Idylle, einer auf der anderen Seite des Gutshofes plazierten Gulaschkanone zu, von der her einige Kartoffeln schälende Soldaten, mit spöttischem Grinsen zotige Witze reißend, der patriotischen Ansprache des jungen Leutnants lauschten.

Helge trat an die Gruppe heran, ließ den leeren Suppenkanister von seinem Rücken vor die Füße des Furiers, des Verpflegungsunteroffiziers gleiten und begab sich, ohne eine Erklärung, zur Kompanieführung und erstattete einen kurzen Bericht über die Lage an der Front. Nachdem er einige Feldpostbriefe und Päckchen für seine Kameraden entgegengenommen, verzog er sich, verlorenen Schlaf nachzuholen, in eine stille Ecke, glaubte, als er unsanft geweckt wurde, nur wenige Minuten geruht zu haben.

Noch schlaftrunken, unterstützt von einigen Kameraden, hängte Helge sich die Beutel mit Brot, Fett, Marmelade und Wurst, sowie den Sack mit der Feldpost um Schultern und Hals, schnallte sich den Kanister mit der heißen Erbsensuppe auf den Rücken, rückte den Stahlhelm auf seinem Kopf und die Maschinenpistole vor seiner Brust zurecht und marschierte, noch einmal grüßend, los.

Er hatte den Gutshof noch nicht verlassen, da wurde er von einem der jungen, gerade als Ersatz angekommenen Soldaten gestoppt.

„Was ist vorne los?" War dessen besorgt gestellte Frage.

Helge Hopps Antwort war – er fühlte sich wie ein kampferprobter

Kriegsveteran – ein gleichgültiges Achselzucken:
„ Im Moment nichts. – Das kann sich aber im Nu ändern!"
Er konnte nicht ahnen, wie schnell diese Aussage für ihn selbst
Bedeutung bekommen würde. – Er wendete sich von dem jungen
Soldaten ab und trat, den Rückweg an die Front beginnend, durch
das Tor.
Sein forscher Gang, den er, den kürzesten Weg über die Felder
wählend angeschlagen, wurde schon bald langsam und schleppend.
Zäh und schwer haftete die erst vor kurzer Zeit aufgetaute, nun nas-
se Erde an seinen Stiefeln, schien ihn an der Vollendung seiner
Mission hindern zu wollen, machte ihm, je länger er über das auf-
geweichte Land marschierte jeden weiteren, noch zu gehenden
Schritt zur Qual.
In gleichmäßiger Folge spürte er den leichten Schmerz, den die um
seinen Hals gehängte Maschinenpistole ihm zufügte, wenn sie im
Rhythmus seiner Schritte, vor- und zurückschwingend gegen seinen
Leib prallte. Helge wußte es nicht zu ändern. Er hatte die Hände,
seine Schultern vom Gewicht des mit Erbsensuppe gefüllten Kani-
sters zu entlasten, hinter die Tragegurte desselben geklemmt.
Bis in die letzten Fasern seiner Muskeln angespannt und in ständi-
ger Bereitschaft beim geringsten, ihn bedrohenden Zwischenfall in
Deckung zu gehen, marschierte Helge über das vom Feind gut ein-
sehbare, nur von wenigen Bäumen und Buschgruppen bewachsene,
wenig Schutz bietende flache Land auf die Front zu, deren Rumoren
bei seiner Annäherung zunehmend lauter wurde.
Plötzlich ließ ihn das wie von einer Hornisse erzeugte, anschwellende Brummen, ein Ton, der so gar nicht in die Geräuschkulisse
der Front paßte aufmerken. – Helge blieb stehen und blickte sich, in
alle Richtungen nach einer möglichen Bedrohung spähend aufmerksam um und entdeckte am Himmel einen direkt auf ihn zukommen

den schwarzen Punkt, der sich, schnell größer werdend, in ein Kampfflugzeug der Russen, eine Rata wandelte.

Gegen die in ihm aufkommende Panik ankämpfend, spurtete er, das immer lauter werdende Dröhnen des Flugmotors im Rücken, gehetzt nach einer Deckung spähend über das freie Feld. Keuchend nach Atem ringend, erreichte er einen der das Land durchziehenden Entwässerungsgräben und stürzte sich, nicht wissend wie er auf dessen Grund ankommen würde in diesen hinein. Das Geräusch des aufspritzenden Wassers übertönte die Einschläge der aus dem Flugzeug auf ihn abgeschossenen, in seiner unmittelbaren Nähe einschlagenden Kugeln.

Pfeifend entwich ihm die Luft aus den Lungen, als sich die Maschinenpistole beim Aufprall auf den Grabenrand in seinen Magen bohrte, der Kanister auf seinem Rücken nach oben geschleudert, mit voller Wucht gegen seinen Stahlhelm stieß und ihm diesen mit voller Wucht nach vorn in sein Gesicht rammte. – Der dumpfe Schmerz, der durch seine Nase raste, als die vordere Kante des Stahlhelms auf deren Rücken traf, trieb ihm Tränen in die Augen, trübte für wenige Augenblicke seinen Blick.

Die aus dem nicht ganz dichten Kanister geschwappte, in seinen Kragen und seinen Rücken herunterlaufende Erbsensuppe ignorierend, stand er im knietiefen, langsam seine Stiefel füllenden Wasser des Entwässerungsgraben und bemühte sich seine verwirrten Gedanken zu ordnen, einen Ausweg aus seiner beinahe hoffnungslosen Lage zu finden.

Den Stahlhelm aus seinem Gesicht rückend, hob er vorsichtig den Kopf über den Grabenrand und sah dem sich entfernenden Flugzeug nach, dachte nicht mehr voll Zorn an den Russen in seiner Rata, sondern voll Verbitterung an die verdammte Langsamkeit der Amerikaner, von denen sich viele der an der Ostfront kämpfenden Soldaten erhofft hatten, daß sie mit Schwung bis an die Oder marschieren würden.

Schon im Begriff den Graben zu verlassen, ließ sich Helge wieder in das kalte, knietiefe Wasser gleiten, als er bemerkte, daß die Rata nach einer elegant geflogenen Kurve wieder auf ihn zukam und ohne die Möglichkeit ihn zu treffen, das Feuer auf ihn eröffnete.

Was hat der Bursche dort oben eigentlich vor, schoß es Helge durch den Kopf, als die Maschine dröhnend dicht über seinen Kopf hinwegflog, sich herumschwingend dem Verlauf des Grabens folgend erneut auf ihn zukam, sich seinem Standpunkt näherte.

Mit der von seinen im eisigen Wasser stehenden Beinen in seinen Körper aufsteigenden Kälte stieg auch die Angst, vielleicht in diesem schmutzigen Graben zu sterben in ihm auf, machte ihn handlungsunfähig.

Gebannt starrte Helge dem auf ihn zu rasenden, wie er meinte ihm Verderben bringenden Flugzeug entgegen. – Er konnte den Anblick des auf ihn zukommenden Fluggeräts nicht mehr länger ertragen. Er schloß die Augen und preßte sein Gesicht fest gegen die Grabenwand, als könne sie ihm ausreichenden Schutz geben. Obwohl der dumpfe, modrige Geruch der nassen Erde ihm den Atem nahm, wagte er nicht den Kopf zu drehen, seine Haltung zu ändern. Mit bebendem Körper, daß nicht von der Kälte, sondern von der schrecklichen Angst, die ihn beherrschte herrührte, erwartete er den Feuerstoß aus den Bordwaffen der sich nähernden Maschine, erwartete er die Tod bringenden Einschläge der Geschosse in seinem Körper und bemerkte mit ungläubigem Staunen, daß die Rata ohne einen Schuß auf ihn abgegeben zu haben, über ihn hinweg rauschte.

Er riß den Kopf hoch und kletterte, das Flugzeug im Auge behaltend, so schnell es ging aus dem Graben und rannte, nicht auf Deckung achtend in Richtung der Front, wünschte in der Stellung, bei seinen Kameraden zu sein und erreichte, noch bevor die Rata ihren zu ihm zurückführenden Bogen ganz beendet hatte, einen anderen Graben, sprang in diesen hinein und starrte in Erwartung auf das was nun geschehen würde dem sich nähernden Flugzeug entgegen. Er sah es tiefer und tiefer schwebend auf sich zukommen, sah den Kopf des Piloten und dessen ihm zugewandtes Gesicht und glaubte in diesem ein höhnisches Grinsen zu sehen, als die Maschine nur wenige Meter von ihm entfernt vorüberzog und langsam an Höhe gewinnend in der Ferne verschwand.

Bis an die Hüften durchnäßt, erschöpft und noch immer am ganzen Leib zitternd, kroch Helge, verbittert der entschwindenden Rata nachsehend aus dem Graben. Er fühlte sich kraftlos und leer, ahnte, nein glaubte zu wissen, daß dieser Bastard von einem Piloten, ihn, einen deutschen Soldaten, nur aus Spaß wie einen Hasen in panische Todesangst versetzt, über die Felder und in die mit Eiswasser gefüllten Gräben getrieben, ein grausames, mitleidloses Spiel mit ihm gespielt hatte.

Gedemütigt und im Bewußtsein nicht einmal mehr als vollwertiger Gegner geachtet, sondern verhöhnt worden zu sein, legte Helge niedergeschlagen, nun wieder die Häuser des schon nahen Dorfes als Deckung nutzend, den letzten Teil seines Weges zurück.

Keiner seiner Kameraden, die sicher ahnten in welcher Verfassung er sich befand, sprach ihn an oder stellte eine Frage, als er den großen Keller des in unmittelbarer Nähe ihrer Geschützstellung gelegenen Bauernhauses betrat, den sie zu ihrem Wohn- und Schlafraum umgestaltet hatten. Er entledigte sich seiner Last und seiner Ausrüstung, verließ wortlos den Raum und begab sich zum Brunnen auf dem Hof, entkleidete sich und begann die Uniform und sich vom Schlamm und den ihm in den Kragen gelaufenen Erbsen zu säubern.

Bis auf den Einen, der am Geschütz Wache stand, waren die anderen seiner Kameraden ihm auf den Hof gefolgt, standen im Kreis um ihn herum und sahen mit steinernen Gesichtern seiner Reinigungsprozedur zu.

Das eiskalte Wasser, daß Helge sich mit einem Eimer über Kopf und Körper schüttete, ließ seine Erregung langsam abklingen, brachte ihm sein verlorenes Gleichgewicht zurück.

Verstohlen sah er zu seinen älteren Kameraden hinüber und erkannte in ihren Augen, da sie ähnliches, vielleicht sogar schlimmeres erlebt hatten, so etwas wie Anerkennung. Und er hatte das Gefühl, erst jetzt als Vollwertig in ihrem Kreis aufgenommen zu sein.

Der Seufzer, der ihm aus der Brust drang hatte nichts befreiendes. Er zeugte von seinen Sorgen, die er um die Zukunft empfand.

Er nahm seine nasse, gesäuberte Uniform auf und begab sich an die Rückseite des von der Sonne beschienenen Hauses. Sorgfältig legte er die Kleidungsstücke zum trocknen aus, lehnte sich gegen die Hauswand, wandte sein Gesicht der Sonne, die schon mehr Kraft hatte, als er vermutet entgegen und versank wieder in einen seiner Träume.

Pommern 1943

Jeder Sommer, den sie auf dem Hof ihrer Großeltern verbracht hatten war Schön. – Und doch war es Helge, als wäre dieser etwas ganz besonderes gewesen – oder erschien er ihm nur so, weil es die letzten unbeschwerten Ferien waren, die er als Lehrling erlebte, nicht wußte, wann er seine geliebten Großeltern noch einmal sehen würde.

Vater war inzwischen nach Berlin zurückgekehrt und hatte Helge und seinen Bruder befriedigt zurückgelassen. Nicht daß es ihnen an Liebe zu ihm mangelte, atmeten sie doch erleichtert auf von seiner ständigen Aufsicht und der Bemängelung ihres Benehmens befreit zu sein, was ihrem Vater, aus einer Beamtenfamilie stammend, sicher nicht bewußt war.

Erst jetzt begannen für Helge und Sven die wirklich tollen, abenteuerlichen Ferien. Nicht mehr von den ständigen Zurechtweisungen ihres Vaters gebremst, entwickelte sie Aktivitäten, in die Großmutter und auch Großvater, die im allgemeinen ein hohes Maß an Toleranz zeigten, doch ordnend, wenn auch mit wenig Erfolg, einzugreifen versuchten, was ihre Mutter, die mit Sorge Helges und seines Bruders Tun zugesehen, beruhigte. – Helge ließ sich in seinen Unternehmungen nicht stoppen, wußte sich jeder Kontrolle zu entziehen.

Die ständigen Ermahnungen seiner Großeltern, vielleicht in einer der dort vergessenen Forken zu landen mißachtend, kletterte er immer wieder in das hohe Gebälk der Scheune hinauf, um von dort oben in das auf dem Zwischenboden gelagerte Stroh und Heu hinabzuspringen, federnd einzutauchen und in einer Wolke aufstiebender Pollen und aufgewirbeltem, in bizarren Formen durch die in die Scheune fallenden Sonnenstrahlen ziehendem Staub zu verschwinden.

Nach endlosen Wiederholungen dieses Spiels müde geworden, rannte er gewöhnlich, von Hasso, der ihn mit freudigem Gebell umkreiste gefolgt, durch den hinter der Scheune gelegenen Obstgarten und versuchte über den am Ende seines Großvaters Anwesen vorüber fließenden Wassergraben, ähnlich jenem, der viel später einmal eine besondere Bedeutung für ihn haben sollte, hinweg zu springen, was Hasso mit Leichtigkeit, ihm aber nicht immer gelang, ihm jedes

Mal, wenn er hinein fiel, Ärger mit seiner Mutter einbrachte.

Seiner Mutter Vorhaltungen schreckten ihn nicht. Sie weckten erst recht seinen Ehrgeiz es bei seinen nächsten Versuchen besser zu machen, zumal er in seinen Bemühungen noch bestärkt wurde, als er die ihn anspornenden Blicke seines Großvaters bemerkte, der ihn einige Male bei seinen Bemühungen den Graben zu überwinden beobachtete.

Voller unbeschwerter Freude gingen die Tage dahin. Aber beinahe unmerklich änderte sich die heitere, gelöste Stimmung, die während der ersten, ihnen wunderbar lang erscheinenden Wochen geherrscht in eine stille Bedrückung, je näher das Ende der Ferien war, der Tag ihrer Abreise nahte.

Auch Helge fühlte die auch ihn traurig machende, sich ändernde Atmosphäre. Plötzlich aber wandelte sich seine leichte Traurigkeit in unbändigen Stolz, als sein Großvater ihm an einem der letzten Ferientage einen Teil seines wertvollsten Besitzes, zwei seiner Pferde anvertraute und ihn, Helge, alleine mit ihnen zum Beschlagen der Hufe zur Schmiede ziehen ließ.

Von der Wichtigkeit seiner ihm gestellten Aufgabe überzeugt, sah Helge, hoch auf dem Rücken eines der Pferde sitzend, wie um Anerkennung bittend auf seinen Großvater herab. Der stand stumm im Hoftor und sah mit einem rätselhaften Lächeln zu ihm auf.

Keine weitere Regung bei seinem Großvater entdeckend, wendete Helge sich ab, trieb Jump, den großen Braunen, auf dem er saß an und versuchte diesen mit dem Druck seiner Schenkel in eine von ihm beabsichtigte Richtung zu lenken, bemerkte aber sofort, daß Jump, sonst folgsam, auf seine ihm gegebenen Befehle nicht reagierte. – Stur trottete Jump, Fuchs, das andere Pferd an einer Leine hinter sich herziehend, den schon oft gegangenen Weg die Straße hinab, stoppte, ohne dazu aufgefordert zu sein, vor dem weit offen stehenden Tor der Schmiede und schnaubte einige Male laut, als wolle er auf sich aufmerksam machen.

Verwirrt, weil er solches noch niemals erlebt hatte, glitt Helge vom Rücken des Pferdes auf den Boden herab. Mit vorsichtigen, zögernden Schritten näherte er sich der Schmiede, in dessen Innern das eben noch helle Klingen von im rhythmischen Takt geschlagener Hämmer plötzlich verstummt war.

Erschrocken wich Helge zur Seite, an die Hauswand zurück, als aus dem Dunkel hinter dem Tor zwei von Ruß und Kohle verschmutzte, ihm Respekt einflößende Männer auftauchten, die ihm, in gleich große, karierte Hemden, Lederschürzen, Leinenhosen und derbe Schuhe gekleidet wie Brüder erschienen.

Ohne Helge zu bemerken trat der Ältere von ihnen an die Pferde heran, musterte sie kurz, ging auf die Straße hinaus und kehrte, nachdem er sich in alle Richtungen umgesehen, verwundert den Kopf schüttelnd zu den Pferden zurück, nahm sie beim Halfter und zog sie hinter sich her in die Schmiede hinein.

Neugierig auf das, was sie tun würden, folgte Helge den beiden Männern durch das Tor. – Nur ganz langsam gewöhnten sich seine, eben noch vom grellen Sonnenlicht geblendeten Augen an das Halbdunkel in dem von Rauch und Ruß geschwärzten Raum, wurden ihm Einzelheiten und Details sichtbar.

Voll staunender Verwunderung sah er auf die unterschiedlich geformten Zangen und die vielen anderen Gerätschaften, die an den Wänden hingen und auf zwei langen Werkbänken verteilt herumlagen.

Während Helge, noch unbeachtet, sich interessiert umsah, hob der Ältere der Männer jedes einzelne Bein von einem der Pferde in die Höhe, besah sich dessen Hufe und brummelte dabei etwas, daß sich anhörte, wie neue Schuhe gebrauchen und bat laut und verständlich seinen Partner das Feuer in der Esse zu schüren.

Mit sicherer Hand wählte er eine der vielen Zangen und begann die abgetretenen Eisen von den Hufen des Pferdes zu lösen. Scheinbar achtlos, aber mit einer erstaunlichen Zielsicherheit warf er die Eisen in eine entfernte Ecke, trat an eine der Wände, an der dutzende, Helge gleich groß erscheinende Hufeisen auf kurzen Holzpflöcken aufgereiht hingen und nahm, ohne zu zögern, vier von ihnen an sich.

Und nun wiederholte sich in gleichmäßiger Folge bei jedem der zu erneuernden Hufeisen die gleiche Prozedur. – Zuerst hielt der Schmied das kalte Eisen an den Huf des Pferdes, ging zur Esse, erhitzte es und gab ihm auf dem Amboß mit geschickten Hammerschlägen seine endgültige Form, kühlte es nur wenig ab und drückte das noch warme Eisen auf das Horn, von dem zischend eine Wolke aufstieg. Vom Sitz befriedigt, kühlte er es ab und befestigte, mit sicheren Schlägen die Nägel ins Horn treibend, das nun kalte Eisen am Huf des Pferdes und gab seinem Werk, Huf und Eisen mit einer groben Feile glättend, den letzten, verschönernden Schliff.

Helge, dem kaum möglich gewesen, den schnellen, geschickten Handgriffen der beiden, konzentriert arbeitenden Männer mit den Augen zu folgen, hob erschrocken den Kopf, als der Ältere, nachdem er auch zweite Pferd beschlagen, ohne ihn anzusehen plötzlich sagte:

„ Wie kommst Du denn hier her? – Willst wohl auch, wie wir, Schmied werden, was?"

„ Nein, kein Schmied! – Ich will ein Bauer werden ", brach es mit Überzeugung aus Helge heraus.

„ So?" Der Schmied richtete sich auf und sah Helge nachsichtig lächelnd an: „ Das ist aber nicht so einfach ein Bauer zu sein."

„ Ja! – Das weiß ich."

„ Da mußt Du eine ganze Menge von Pflanzen und Tieren, aber auch über das Wetter wissen ", ergänzte der Schmied.

„ Ja! – Das weiß ich ", sagte Helge, sich wiederholend.

„ Hast Du gehört, Gustav ", sagte der Schmied mit spöttischer Stimme zu seinem Gesellen, „ er weiß es." Er wendete sich wieder Helge zu: „ Und woher weißt Du das?"

„ Von meinem Großvater!" Helges Stimme war voller Stolz: „ Von ihm habe ich schon so vieles gelernt."

„ Wer ist denn der Großvater, der Dich schon so vieles gelehrt hat?"

Helge merkte sehr wohl, daß der Schmied ihn und seine Worte nicht ernst nahm. Es klang fast wie eine Drohung, als er zornig aufbrauste:

„ Sie wollen wissen wer mein Großvater ist?" – Er trat an die Pferde heran und strich ihnen über den Hals: „ Das ist der Mann, der mich mit diesen Pferden zu ihnen geschickt hat."

Es war, als hätte Helges Antwort dem Schmied für einen Moment die Sprache verschlagen. Erst nach einigen Augenblicken schien er sich von seinem Staunen erholt zu haben, sagte zu seinem Gesellen:

„ Hast Du das gehört, Gustav? – Der Rudolf vom Radeberg ist sein Großvater."

„ Ja, ich habe es gehört ", antwortete der gleichmütig, drehte sich um und verschwand in der Schmiede, kehrte aber schon wenig später mit Pinsel und einem Farbtopf zurück und begann die Hufe der Pferde mit schwarzer Farbe zu bestreichen, daß es aussah, als hätten sie Lackschuhe an.

Ihm bedeutend, daß seine Arbeit getan war, half der Schmied Helge auf den Rücken von einem der Pferde hinauf und murmelte, während ihm die letzten Berichte von der Front in den Sinn kamen:

„ Der Rudolf hat für seine Nachfolge sicher eine gute Wahl getroffen. – Ich fürchte nur, daß er daran nur wenig und sein Enkel schon gar keine Freude, nicht einmal eine Zukunft als Bauer in dieser Stadt, diesem Land haben wird."

Als trüge er an einer schweren Last, kehrte er mit gesenktem Kopf in seine Schmiede zurück.

Helge hatte von dem, was der Schmied an pessimistischen Gedanken äußerte nichts mitbekommen. Er fühlte sich überflüssig auf seinem Platz, kam sich lächerlich vor, als er aufs Neue bemerkte, das die Pferde auf seine Weisungen wieder nicht reagierten, sie auch den Rückweg in ihren Stall ohne seine Mithilfe fanden. – Und zum ersten Mal in seinem Leben war Helge von seinem Großvater enttäuscht, glaubte, weil der ihm das Gefühl gegeben die Pferde zu führen, von ihm betrogen worden zu sein.

Den Rest des Tages schlich er lustlos auf dem Anwesen herum, vergaß aber sofort seine Verstimmung, als er seinen Großvater erblickte, der, seinem Hobby nachgehend vor den Kaninchenställen stand und die prachtvollen Tiere, jedes mit einem Namen ansprechend fütterte.

„ Sag Opa, warum hast Du so viele Kaninchen?"

Sein Großvater, der sein Nahen längst bemerkt hatte, drehte sich um und streckte Helge mit einem stillen Lächeln das Tier entgegen, daß er gerade auf dem Arm hielt:

„ Sieh nur wie schön es ist." Er deutete auf die anderen, verschlossenen Boxen: „ Ich liebe sie alle."

Helge sah auf die Kaninchen hinter den Gittern und fragte naiv:

„ Werden die alle geschlachtet und aufgegessen?"

Großvater drehte sich abrupt um, sah Helge verständnislos an und sagte abweisend:

„ Nein, von ihnen wird Keines geschlachtet." Seine Stimme gewann an Schärfe: „ Man tötet nicht, was man liebt!"

Er nahm das Tier von seinem Arm, setzte es vorsichtig in den Käfig zurück und verschloß dessen Tür mit einer Sorgfalt, als wolle er
das Kaninchen vor den Bösartigkeiten dieser Welt bewahren.

Helge glaubte bei seinem Großvater eine beinahe abartige Neigung
entdeckt zu haben. Während er Schweine, Hühner und Gänse be-
denkenlos schlachten ließ und das Fleisch dieser Tiere mit großem
Genuß verzehrte, schien er bei seinen Kaninchen unerklärliche
Skrupel und Hemmungen zu haben, sie gleichfalls zu töten und sie
zu verspeisen.

Seines Großvaters merkwürdige Doppelmoral nicht begreifend
wendete Helge sich wortlos ab und nahm sich vor, seines Großvaters Kaninchen in Zukunft zu meiden und auch nicht mehr nach ihnen zu fragen.

Obwohl Helge aus eigener Erfahrung wußte, daß es nur selten gelang sich selbst gegebene Versprechen zu halten, fiel es ihm dieses
Mal ausgesprochen leicht seinen eben gefaßten Entschluß treu zu
erfüllen.

Wie im Fluge waren die wenigen, ihnen noch verbliebenen, mit
Hektik und Aktivitäten angefüllten Ferientage vergangen, so daß
Helge schon bald das mit seinem Großvater geführte Gespräch vergaß. – Und es war, als hätten Großvater und er ein stilles Abkom-
men miteinander getroffen, hatte auch Großvater bis zu ihrer Abreise nicht mehr von seinen Kaninchen gesprochen.

Oderbruch April 1945

Mit dem gleichen ohnmächtigen Zorn, den auch ihr Geschützführer und seine Kameraden empfanden, hatte Helge seinen Platz im

von ihnen wohnlich eingerichteten Keller des Bauernhauses geräumt, als sie den Befehl erhielten eine Stellung sehr viel näher der Front zu beziehen. – Eine Stellung, die die ohnehin gefährliche Lage noch dadurch verschärfte, weil sie mit ihrem Geschütz einen vom Gegner gut sichtbaren Fabrikschornstein sichern sollten von dessen Höhe aus ein Beobachter das Feuer der eigenen Artillerie leitete.

Der Ausbau der neuen Stellung, den sie notgedrungen noch während der Nacht ihres Umzuges beginnen mußten, gestaltete sich ausgesprochen schwierig. – Da das große Fabriktor, daß eine vorzügliche Deckung geboten hätte im rechten Winkel zur Front lag, waren sie gezwungen ihr Geschütz außerhalb und ein gutes Stück von der Fabrik entfernt im flachen, kaum Deckung bietenden Gelände zu plazieren.

In größter Eile hoben sie eine flache Grube aus, in der sie ihr Geschütz so tief in der Erde versenkten, daß nur noch dessen Rohr und ein Teil des Schutzschildes über den Rand ragten, aber auch groß genug war einen Teil der auf der Zugmaschine mitgeführten Munition in ihr zu lagern.

Nachdem sie, die Veränderungen im Gelände zu verbergen ein großes, erdfarbenes Tarnnetz über das Loch gebreitet, zogen sie sich, einen ihrer Männer als Wache zurücklassend, auf der Suche nach einem Schlafplatz in die Fabrik zurück und fanden ihn in einem Keller unter einer ausgedehnten Lagerhalle direkt neben dem Tor, zu dem eine ausgetretene, offensichtlich viel begangene Treppe hinab führte.

Das Krachen explodierender Granaten riß Helge aus dem Schlaf. Benommen gegen die ihn beherrschende Müdigkeit ankämpfend und verwirrt von der fremden Umgebung rappelte er sich auf, stieg hastig in seine Stiefel, raffte Pistole und Maschinenpistole an sich und rannte, blindlings seinen Kameraden folgend die Kellertreppe hinauf, über den Fabrikhof und blieb abrupt in der sicheren Deckung des weit offen stehenden Tores stehen, als er seinen Kameraden, der die ganze Nacht am Geschütz ausgeharrt hatte erblickte, der von den um ihn herum explodierenden Granaten umtost in wilden, ständig die Richtung wechselnden Sprüngen auf die ihm eine scheinbare Sicherheit bietende Fabrikmauer zu hetzte, sie wie durch ein Wunder auch unverletzt erreichte.

Keinen seiner Männer noch einmal einer solchen Bedrohung auszusetzen, ließ der Geschützführer unverzüglich einen gegen die Sicht des Feindes Schutz bietenden Laufgang zu ihrer Stellung graben.

Mit erschreckender Deutlichkeit wurde ihnen aber schon nach wenigen Tagen bewußt, daß ihre in vermeintlicher Heimlichkeit ausgeführte Arbeit an dem inzwischen auf Mannestiefe in die Erde getriebenen Graben vom Gegner längst entdeckt war, ihn noch aufmerksamer gemacht hatte.

Verbissen arbeitend, an die unregelmäßigen, an der ganzen Front Unruhe schaffenden täglichen Feuerüberfälle der russischen Artillerie gewöhnt, bemerkten weder Helge noch seine Kameraden, daß die Angriffe sich vermehrt auf die Fabrik und deren Umgebung konzentrierten.

Mit einem Schlag wurde die ihnen eben noch normal vorkommende Situation eine andere. – Mit donnerndem Stakkato detonierte eine aus einem Raketenwerfer, einer so genannten Stalinorgel abgeschossene Salve von Geschossen direkt auf dem Rand des Grabens und brachte diesen zum Einsturz.

Helge, der sich wie seine Kameraden mit über den Kopf verschränkten Armen auf den Grund des Grabens geworfen, war es, als würden ihm Angst einflößende Erinnerungen an die in Berlin erlebten Bombenangriffe in sein Gehirn gehämmert. – Getäuscht von den auf ihn niederprasselnden Erdmassen, glaubte er wieder den wuchtigen Schlag der, von einer in unmittelbarer Nähe des Hauses niedergegangenen Luftmine aus den Angeln gerissenen Waschzimmertür in seinem Rücken zu spüren, als er sich, seine Mutter zu schützen über sie geworfen.

So überraschend der Überfall geschehen, so schnell war er auch schon wieder vorbei. – Die Stille, die ihn plötzlich umgab, wirkte auf Helge nicht weniger erschreckend, als der noch vor wenigen Augenblicken alles andere übertönende Lärm.

Gegen seine Benommenheit ankämpfend stemmte er sich mit aller Kraft gegen die auf ihm liegende Last, richtete sich, die nieder gebrochene Erde von sich abschüttend auf und versuchte mit heftigem Prusten und Schnauben seine Atemwege von dem in sie gedrungenen Staub zu befreien.

Nach einigen tiefen Atemzügen begann Helge mit beiden Händen hektisch in der aufgehäuften Erde nach seinen Kameraden zu suchen, stellte seine Bemühungen aber ein, als der Sand vor ihm sich zu regen begann, er erkannte, daß es den Verschütteten gelingen würde sich auch ohne seine Hilfe selbst zu befreien.

Mit vom gerade überstandenen Schrecken leicht bebenden Armen und Beinen, aber froh darüber gerade noch einmal heil davon gekommen zu sein, kroch Helge durch den nun wieder zum Teil mit Erde angefüllten Graben auf die ihm Deckung und Sicherheit bietende Fabrik zu. Schmutzig, aber unverletzt tauchten schon wenig später auch der Oberfeldwebel und seine Kameraden auf.

Seine Männer nicht wieder in eine solche Lage zu bringen, hatte der Oberfeldwebel alle Arbeiten eingestellt und auf einen weiteren Ausbau der Stellung verzichtet. – Es war, als ahne er, daß sie diese wohl bald nicht mehr benötigten würden.

Durch die erzwungene Untätigkeit und schon längst an die gele-
gentlichen Störfeuer des Gegners gewöhnt, breitete sich eine zur
Sorglosigkeit neigende Langeweile aus, die auch Helge erfaßte. Gegen diese Langeweile ankämpfend, suchte Helge sich einen ruhigen,
sonnigen Platz und las voller Inbrunst, was er als Letztes in das
kleine Buch geschrieben hatte. – Woher sollte er auch wissen, daß
er niemals mehr eine Gelegenheit bekam, es nochmals zu tun.

Berlin – Pommern 1944

Es war nicht die Sehnsucht, die Helge nur wenige Tage nach
seiner Entlassung aus dem Arbeitsdienst zu seinen Großeltern hatte
fahren lassen. – Es war die Angst, nach den ständigen Luftangriffen
der letzten Tage, noch einmal den Horror des letzten der Angriffe
erleben zu müssen.
Obwohl er schon am nächsten Tag Berlin verlassen hatte und zu
seinen Großeltern nach Pommern gefahren war, konnte er sich nur
schwer von dem Erlebten lösen, geisterten die Bilder der vergangenen Ereignisse während der langen, langweiligen Bahnfahrt ständig
in seinem Kopf herum.
Schon bedauernd, die Bitte seiner Mutter, sie in den Luftschutz-
keller zu begleiten abgelehnt zu haben, stand Helge neben seinem
Onkel auf der Veranda des Hauses und sah gleich ihm zum wol-
kenlosen Himmel hinauf, der ihnen mit seinem makellosen Blau eine
trügerische Illusion von tiefem Frieden vorgaukelte.
Plötzlich erklang in der beinahe beängstigen, über allem liegenden
Stille ein kaum hörbares, wie von einem Hornissenschwarm erzeug-

tes, stetig lauter werdendes Brummen. – Neugierig geworden, verließ Helge die Veranda, trat auf die freie Rasenfläche vor dem Haus hinaus und spähte angespannt in die Richtung, aus der das Geräusch zu kommen schien. Und erblickte einen sich nähernden Pulk von sechzig bis achtzig Flugzeugen, die, weiße Kondenzstreifen hinter sich zurücklassend, unbeeindruckt von den um sie herum berstenden Granaten der Flugabwehr unbeirrt ihre Bahn am Himmel dahin zogen.

Helge kehrte auf die Veranda zurück und folgte seinem Onkel in das Innere des Hauses, wünschte mit aller Macht, daß die Flugzeuge ihre Verderben bringende Last nicht ausgerechnet hier, sondern weit weg von ihnen, auf andere Ziele ablassen würden. – Bedachte nicht, daß nur ganz selten in seinem Leben, einem Menschen seine Wünsche erfüllt werden. – Seiner wurde es nicht!

Kaum hatte er seinen Wunsch ganz ausgedacht, erschütterte eine Serie in der Siedlung explodierender Bomben und Luftminen das Haus, war die Luft von einem alle anderen Geräusche auslöschenden, Trommelfell zerreißendem Getöse erfüllt. Während eines kleinen Momentes der Ruhe erklangen plötzlich laute Hilferufe, die kaum zu verstehenden Worte, daß bei Breckmann die Großmutter mit ihrem Enkelkind in ihrem im Garten angelegten Schutzbunker verschüttet waren.

Obwohl noch immer vereinzelt Bomben auf die Siedlung fielen, folgte Helge, ganz gegen alle Vernunft seinem Onkel, der schon beim ersten Ruf aus dem Haus geeilt war zum Schuppen, ergriff einen Spaten und hastete, nicht auf den Lärm um ihn herum achtend die Straße entlang, auf das Grundstück, von dem her die um Hilfe bittenden Rufe erschallten.

Vom anfänglichen Willen zu helfen war nur noch wenig geblieben, als er, von der Angst erfüllt nur noch Tote zu finden, mit seinem

Onkel neben dem riesigen, von einer Luftmine in die Erde gerissenen Trichter stand. – Dem Vorbild seines Onkels folgend, begann er
mit größter Behutsamkeit, als könnte er jemanden einen Schaden
zufügen in der Erde zu graben. Ein kaum vernehmbares Wimmern
spornte ihn an, ließ ihn seine Bemühungen verstärken.

Hastig, aber mit noch größerer Vorsicht als zuvor, räumte Helge
die vor ihm liegende Erde zur Seite und erblickte plötzlich unter
einem herunter gebrochenen Balken das Gesicht eines vor Schmerz,
Hunger oder Durst jammernden Kleinkindes.

Entschlossen warf er den Spaten fort und begann mit den Händen
das Kind von dem kreuz und quer über ihm liegenden Durcheinander von zusammengebrochenem Baumaterial und der ständig nach
rutschen Erde zu befreien. Nach ihm endlos erscheinenden Minuten
war Helge bis zu dem kleinen Wesen vorgedrungen, ergriff es an
den Schultern und zog es ganz behutsam unter den restlichen
Trümmern hervor.

Er stieg aus dem Trichter und begann, es zu beruhigen, das Kind
sanft in seinen Armen zu wiegen. Nicht wissend, was er mit dem
Kind tun solle, sah Helge sich wie nach Hilfe suchend um und atmete erleichtert auf, als eine junge, etwa dreißig Jahre alte Frau,
deren vor kurzem noch von Entsetzen und Verzweiflung von Tränen
nasses Gesicht nun strahlend vor Glück auf ihn zu gestürmt kam,
ihm das Kind aus dem Arm nahm und sich, es küssend und liebko-
send, ihn nicht weiter beachtend entfernte.

Obwohl er stolz hätte sein können, etwas Gutes vollbracht zu haben, beherrschte Helge das merkwürdig, bedrückende Gefühl nicht
mehr gebraucht zu sein. - Die Bedrückung war aber sofort geschwunden, als sein Onkel ihn mit Nachdruck aufforderte ihm bei
der Bergung der alten Frau zu helfen, die er gerade aus dem ihr beinahe zum Grab gewordenen Bunker befreit hatte. Sie war ohne Be-

wußtsein, aber am Leben, atmete ganz schwach.

Helge, der seinem Onkel noch geholfen sie in das Haus zu tragen, war sofort nach Hause geeilt, hatte einen kleinen Koffer gepackt und hatte, noch die letzten Ereignisse vor Augen, beinahe fluchtartig die Stadt in Richtung Pommern verlassen.

Nun aber, als er alleine auf dem von nur wenigen Menschen bevölkerten Bahnhofsplatz seiner Heimatstadt stand, kamen ihm ernste Zweifel an der Richtigkeit seiner Unternehmung. – Gerade einer Stadt voller Vernichtung und Grauen entronnen, fand er sich in einer Welt wieder, die in Erwartung kommender Ereignisse in ängstlichem Nichtstun zu verharren schien. – Ein Zurück gab es aber schon deshalb nicht mehr, weil er sich albern vorgekommen wäre, fürchtete vor seinen Verwandten und vor sich selbst das Gesicht zu verlieren.

Entschlossen griff er nach seinem Koffer und schritt auf die in unmittelbarer Nähe auf Fahrgäste wartende Straßenbahn zu, bei der deutlich die in ganz Deutschland rigoros durchgeführten Sparmaßnahmen sichtbar waren, weil sie statt der üblichen zwei nur noch aus einem Triebwagen bestand. – Unwillkürlich fragte er sich im Stillen, ob man den zweiten Wagen wohl auch zur Herstellung von Kanonen eingeschmolzen hatte?

Helge unterdrückte den Drang den Fahrer der Bahn danach zu fragen, setzte sich auf einen der vielen freien Plätze und sah zum Fenster hinaus auf Häuser und Straßen, die ihm noch trister und freudloser erschienen, als bei seinem letzten Hiersein vor über einem Jahr. - Irgendwann, Helge war sich nicht sicher ob an der richtigen Stelle, stieg er aus.

Nach einem kurzen Blick in die Runde, sich nicht sicher den richtigen Weg gewählt zu haben, marschierte er los und stellte schon bald fest, sich geirrt zu haben, als er die großen Kasernen am Rand der Stadt, nicht weit von seines Großvaters Hof erreichte.

Helge blieb stehen und starrte durch die eisernen Stäbe des Zaunes auf den Kasernenhof, auf dem einige Gruppen junger Männer von lauten Kommandos angetrieben herum marschierten. Vom einstigen farbenfreudigen Bild war nichts geblieben. Häuser und Menschen erschienen in einem stumpfen, alles gleich machendem Grau.

Enttäuscht von dem was er sah, wendete Helge sich ab und schritt nun zügig den Weg entlang, den er als Kind oft gegangen, wenn er die einstmals in der Kaserne stationierten Husaren und Dragoner in ihrer prachtvollen Uniform sehen, sie bei der Arbeit mit ihren Pferden beobachten wollte.

Schon wenig später hatte er das alles vergessen, als er vor dem Anwesen seines Großvaters angekommen feststellte, daß das Haus verschlossen war. Er trat einige Schritte vom Haus fort und musterte die Fenster, konnte aber hinter ihnen weder Licht noch ein anderes Zeichen von Leben entdecken.

Unschlüssig, was er tun sollte, trat Helge an das Hoftor heran, versuchte die kleine Pforte in ihm zu öffnen und war überrascht, als sie unter dem Druck seiner Hand aufschwang. Seine spontane Vorwärtsbewegung, mit der er in den Hof seines Großvaters eintreten wollte, wurde augenblicklich von einem leisen, aber drohenden Knurren eines hinter dem Tor verborgenen Hundes gestoppt.

Erschrocken wich er auf den Gehweg zurück, bewegte sich rückwärts, die von ihm offen gelassene Tür nicht aus den Augen lassend an der Hauswand entlang und setzte sich, darauf vertrauend vor dem Hund sicher zu sein auf die Stufen , die zu Tür des Hauses hinauf führten und verfluchte sofort seine Nachlässigkeit, die kleine Pforte nicht geschlossen zu haben, als er das leise, sich nähernde Tappen von weichen Pfoten neben sich vernahm.

Helge wagte nicht den Kopf abzuwenden, als der Hund sich vor ihm auf die Hinterläufe niederließ, ihn mit treuen Augen ansah, ihm seinen nach Fäulnis riechenden Atem in Nase und Gesicht blies.

Langsam, der ruhigen Haltung des großen Schäferhundes nicht recht trauend, hob Helge die Hand, legte sie ganz vorsichtig dem Hund auf den Rücken und begann, während er besänftigend auf ihn einsprach, das Fell hinter dessen Ohren zu kraulen:

„ Hasso, Du Stromer! – Hast Du vergessen wer ich bin? – Du solltest Dich wahrhaftig schämen einen guten Freund auf so unfreundliche Weise zu begrüßen.“

Hasso hatte den Kopf leicht zur Seite geneigt und schien mit aufgestellten Ohren Helges Worten zu lauschen. Plötzlich, als wenn er alles was gesagt war verstanden hätte, richtete er sich auf und leckte Helge, wie sich zu entschuldigen mit seiner rauhen Zunge über das Gesicht, ließ aber sofort von ihm ab, als vom Straßenrand her eine verwunderte, beinahe zornige Stimme ertönte:

„ Was hast Du mit dem Hund gemacht? – So zutraulich wie zu Dir, ist er noch niemals zu einem Fremden gewesen.“

Helge, der bisher nur mit dem Hund beschäftigt, sah irritiert auf und erblickte dicht vor sich zwei zierliche, mit schwarzen Pumps bekleidete Füße, ließ seine Blicke an den langen, schlanken Beinen empor, über den flachen Bauch und die wohlgeformten Brüste zum Kopf, er wußte in seiner Verwirrung nicht zu sagen, ob zu dem eines Mädchens oder dem einer jungen Frau wandern und starrte mit einer ihm bisher unbekannten Schüchternheit auf ihr schönes, herbes Gesicht und in ihre sanften, einem Reh gleichen braunen Augen, die ihn nicht ohne Mißtrauen musterten.

Schneller, als er gedacht, hatte Helge seine Verlegenheit überwunden. Er strich Hasso über das Fell und sagte erklärend:

„ Wir sind uns nicht fremd, wir sind sogar schon seit langem ganz dicke Freunde. “ Wie eine Bestätigung von dem Hund erwartend, fügte er noch hinzu: „ Stimmt's, alter Junge?"

Wie ihm zustimmend, wedelte Hasso heftig mit seinem Schwanz.

Helge stand auf, klopfte sich den Staub von der Hose, forderte Hasso auf ihm zu folgen und schritt mit dem Hund an der Seite auf die offen stehende Pforte zu.

„ Du willst doch nicht etwa dort hineingehen?" Rief ihm das Mädchen empört nach.

Ohne sich umzusehen, oder seine Schritte zu zügeln, rief Helge beinahe fröhlich zurück:

„ Doch, genau das werde ich jetzt tun! – Auf dem Hof steht nämlich eine Bank. Und auf der sitzt es sich mit Abstand bequemer, als auf den kalten steinernen Eingangsstufen zum Haus."

„ Den Ärger, den Du dadurch bekommen wirst, würde ich zu gerne erleben." Der Spott in des Mädchens Stimme war nicht zu überhören.

„ Wenn Du so scharf darauf bist das zu erleben, dann komm' mit und leiste mir bis zum Zeitpunkt meiner von Dir prophezeiten Bestrafung Gesellschaft ", sagte Helge und verschwand mit Hasso hinter dem Tor.

„ Das lasse ich mir nicht entgehen ", rief das Mädchen ihm schnippisch nach und folgte Helge auf den Hof.

Der Kümmerte sich nicht mehr darum, was hinter ihm geschah. Er stellte seinen kleinen Koffer neben die Bank am Haus und begab sich, von Hasso gefolgt, auf eine Besichtigungstour durch die mit nur noch wenigen Tieren besetzten Ställe, sah sich in der bis in den Giebel mit ausgedroschenem Stroh und getrocknetem Heu gefüllten Scheune um und ging in den hinter ihr liegenden, einst von schnatternden Gänsen und in der Erde scharrenden Hühnern belebten, nun von allem Leben entblößten Garten bis an dessen Ende und blickte mit einem Gefühl von Wehmut auf den Graben, über den er als Junge oft mit unterschiedlichem Ergebnis versucht hatte zu springen.

Als er nach langen Minuten der Erinnerung wieder auf den Hof zurückkehrte, hatte sich die Szene vollständig verändert. – Auf dem Hof stand ein mit zwei Pferden bespannter Wagen, auf dessen Bock ein hagerer Mann neben einer dunkel gekleideten Frau saß, die sich mit dem von ihm auf den Hof gebrachten Mädchen unterhielt.

Helge, der im großen Tor der Scheune stehen geblieben war, überkam ein Gefühl von Trauer, als ihm bewußt wurde, wie sehr sein Großvater, mehr aber noch seine Großmutter in dem einen Jahr seit er sie nicht mehr gesehen gealtert waren.

Plötzlich, als wenn sie fühlte beobachtet zu sein, wendete sich die Frau auf dem Wagen Helge zu, stieß einen überraschten, wie ein leises Wimmern klingenden Laut aus und sprang mit einer von ihr nicht mehr zu erwarteten Behendigkeit vom Wagen, hastete auf Helge zu und schloß ihn in die Arme, stammelte in ihrer Aufregung in pommerschem Platt Worte, von denen Helge kaum eines verstand.

Helge befreite sich aus seiner Großmutter Umarmung , legte zärtlich einen Arm um ihre Schultern und führte sie zu seinem Großvater, der vom Wagen gestiegen neben seinen Pferden stand und Helge mit ruhigem Blick musterte. – Man sah ihm seine Freude, die er bei dessen Anblick mit Sicherheit empfand nicht an. Sich wie immer auf das Wesentliche beschränkend, sagte er nüchtern, aber doch mit Stolz in der Stimme:

„ Du siehst gut aus, mein Sohn. – Du bist ein richtiger Mann geworden.“

Großmutter bewegten ganz andere Gedanken. Sie sah sich suchend um und fragte enttäuscht:

„ Bist Du alleine gekommen?“

„ Ja.“

„ Und warum ist Deine Mutter nicht mitgekommen ", fragte sie hartnäckig?

„ Sie meinte, daß sich der Aufwand für die wenigen Tage, die ich bleiben kann nicht lohnt."

„ Warum nur wenige Tage?" Großmutter ließ ihrem Naturell folgend nicht nach.

„ Ich muß in zwei Wochen zum Militär ", sagte Helge lässig, als wenn er nur darauf hindeutete, daß es gleich regnen würde.

„ Was mußt Du, zum Militär?" Großmutter wendete sich aufgeregt Großvater zu: „ Das geht doch nicht, Rudolf, dafür ist er doch viel zu jung."

„ Auch wenn Du im Recht bist, meine Liebe, wird Deine Meinung die Menschen, die über uns bestimmen wenig interessieren."

Großmutter ergriff Großvaters Arm und sagte beschwörend:

„ Sie können uns doch nicht einfach den Jungen nehmen."

Großvater zog sie an sich und sah sie mitleidig an:

„ Bisher haben sie noch immer getan was nicht wir, sondern nur sie wollten. – Was also, meine Gute, kann man gegen ihre jetzige Entscheidung tun?" Er dachte kurz nach und sagte hart: „ Nichts! – Entweder widersetzt man sich den Diktaten und geht unter, oder man fügt sich und kämpft um das Leben." Er sah Helge an: „ Ich würde mich, wenn auch widerwillig, scheinbar fügen und mit allen mir zur Verfügung stehenden Mitteln um ein besseres Leben ohne einschränkende Zwänge kämpfen."

Helge ahnte nicht, daß die gerade von seinem Großvater gesprochenen Worte ihm während der kommenden Jahre halfen, in vermeintlich hoffnungslosen Situationen zu bestehen.

Während Großvater von Helge unterstützt begann die Pferde aus ihrem Geschirr zu lösen und sie in den Stall führte, wendete Großmutter sich freundlich lächelnd dem Mädchen zu , daß mit dem Gefühl von Helge verspottet zu sein , stumm dem Disput gelauscht hatte:

„ Du hast Dich wohl schon mit Helge ein wenig angefreundet, Karola?"

Eine zustimmende Antwort erwartend horchte sie verwundert auf, als Karola, die sie nur als freundlich und hilfsbereit kannte, mit ungewöhnlich heftiger Abwehr reagierte:

„ Nein, das habe ich nicht! – Und nach dem, wie er mich an der Nase herumgeführt hat, wird es wohl auch niemals dazu kommen."

In Großmutters noch immer schönem Gesicht erschien ein verschmitztes Lächeln, als sie, sich an ihre eigene Jugend erinnernd, die verstohlenen Blicke bemerkte, mit denen Karola immer wieder zum Pferdestall hinüber sah.

„ Nimm es Dir nicht zu sehr zu Herzen, mein Kind, die Männer verzapfen mitunter die verrücktesten Dummheiten, um einem weiblichen Wesen zu imponieren."

Noch immer lächelnd, als weilten ihre Gedanken in einer fernen Vergangenheit, nahm sie die mit Gemüse gefüllten Körbe vom Wagen, stellte sie vor sich ab und fragte, Karola wohlwollend musternd:

„ Hilfst Du mir bitte die Körbe zu tragen?"

Wortlos griff das Mädchen nach den größten der Körbe und folgte Großmutter ins Haus, ohne noch auf den Verbleib der Männer, die sich im Stall um die Tiere kümmerten zu achten.

Schon von Klein her an seines Großvaters Wortkargheit gewöhnt, empfand Helge ein befremdliches Gefühl, als er seinen Großvater, der seine Tiere ganz im Gegenteil zu den Menschen stets mit Lob und Streicheleinheiten verwöhnt hatte, nun bei einem, beinahe herzlos erscheinenden, routinemäßig durchgeführtem Füttern und Tränken der Pferde, seinen Lieblingen erlebte.

Helge, der seinem Großvater eine Zeitlang zugesehen, fürchtete sich zu fragen, und fragte doch:

„ Wo sind Deine Kaninchen und die meisten Deiner Kühe und Schweine geblieben, Opa? – Was hast Du mit ihnen gemacht?"

Großvater sah Helge nachdenklich an, legte ihm eine Hand auf die Schulter und führte ihn zur Futterkiste in der Ecke des Stalls, ließ sich auf ihr nieder und forderte Helge auf sich zu ihm zu setzen. – Wie nach Worte suchend starrte er auf den mit Stroh bedeckten Boden, richtete sich plötzlich auf und sagte, seine Verbitterung nicht verbergend:

„ Alle in letzter Zeit verbreiteten Nachrichten von einem Endsieg durch neu entwickelte Wunderwaffen, ist weiter nichts, als die Wahrheit verschleiernde Schönrederei."

Großvater wischte sich mit der Hand über die dunklen Bartstoppeln an seinem Kinn und sagte mit Nachdruck:

„Die ständig näher rückende Front ist eigentlich Beweis genug, daß der Krieg verloren ist."

Helge sah sich erschrocken um, als fürchte er, daß ein heimlicher Lauscher seines Großvaters Vaterlands verräterische Worte vernahm. – Sein Großvater schien sich darum nicht zu sorgen, er redete unbeirrt weiter:

„ Und darum kann ich auch verstehen, daß viele Anwohner und auch einige Bauern aus Furcht vor den anrückenden Russen und Polen ihren Besitz und die Stadt verlassen haben. – Denen habe die Tiere mitgegeben, weil ich nicht wollte, daß sie in irgend einer Feldküche als Bereicherung des Speiseplans für Soldaten, die uns die Heimat nehmen enden."

„ Was wirst Du tun, Opa? – Wirst Du bleiben, oder auch gehen ", fragte Helge zaghaft?

Großvater sah zu seinen Pferden in den Boxen und sagte sinnend:

„ Es kann schon sein, daß auch wir, Deine Großmutter und ich mit der Hoffnung eines Tages wieder zurückkommen zu dürfen, von hier fortgehen. – Aber nicht ohne meine Pferde."

Großvater zeichnete mit der Fußspitze Kreise und Linien ohne Bedeutung in den staubigen Boden des Stalls. Plötzlich sprang er auf und sagte heiter, als hätte er nicht gerade vom Krieg und vom Weggehen gesprochen:

„ Laß' uns ins Haus gehen, mein Sohn, Großmutter wird uns ein Essen bereitet haben."

Mit einem letzten Blick in die Runde verließ er den Stall und verschwand im Haus. Helge, der ihm gemächlich gefolgt war, fühlte eine freudige Erregung, als er, nachdem er sich im Bad frisch gemacht hatte, die große Wohnküche betrat und seinem Großvater gegenüber das Mädchen erblickte. Zögernd, nicht recht wissend wohin er sich setzen solle, näherte Helge sich dem Tisch.

„ Was ist los mit Dir, Helge? – Warum stehst Du herum?" In Großvaters Gesicht kam ein verschmitztes Lächeln. Er sah das Mädchen an und deutete auf den neben ihr stehenden Stuhl: „ Setz Dich endlich hin. Am besten neben unseren reizenden Gast, zu Karola."

Karola heißt sie also, dachte Helge und ließ sich auf dem Stuhl neben dem Mädchen nieder. Einen Blickkontakt zu seiner Nachbarin vermeidend, sah er mit der gleichen, schon als kleines Kind empfundenen Furcht, daß sie sich eines Tages einmal ernsthaft verletzen könnte, dem Tun seiner Großmutter zu.

Diese stand neben dem Tisch und schnitt und mit schwungvollen, routinierten Bewegungen ein langes Messer gegen ihren Leib führend, einen großen, gegen ihre Brust gepreßten Laib Brot in gleichmäßig dicke Scheiben, legte diese in einem Korb ab, stellte Wurst, Schinken und Fett dazu und forderte die Anwesenden, noch bevor sie sich selbst setzte zum essen auf.

Es war eine seltsame Stimmung im Raum. – Großvater sah, von Großmutters tadelnden Blicken vergeblich zur Zurückhaltung ermahnt, mit amüsiertem Schmunzeln immer wieder auf Helge und das neben diesem sitzende Mädchen, die, wie von ihrer beiderseitigen Nähe gehemmt, sich verstohlen musternd verlegen auf ihren Tellern herum stocherten, kaum etwas aßen.

Erleichtert schob Helge seinen noch halb gefüllten Teller zurück, als sein Großvater sich gesättigt zurücklehnte. – Mit dem Willen seiner Großmutter zu helfen stand er auf, stellte aber sofort die von ihm aufgenommenen Teller und Bestecke wieder auf dem Tisch ab, als er die energische Stimme seiner Großmutter vernahm, während sie, nicht ahnend, daß sie Helge damit einen heimlichen Wunsch erfüllte, auf das neben der Tür stehende Mädchen deutete:

„ Es ist sehr lieb von Dir, mein Sohn, daß Du mir helfen willst, aber kümmere Du Dich besser um unseren Gast und bringe Karola bitte unbeschadet und heil nach Hause."

Karolas zaghafte Versuche sich gegen Helges Begleitung zu widersetzen, scheiterten zu dessen Freude an seiner Großmutter Besorgnis, daß dem Mädchen auf ihrem Heimweg etwas zustoßen könnte.

Sich als Beschützer fühlend, nahm Helge sie, ihre Ablehnung ignorierend, fest an die Hand und trat mit ihr auf die inzwischen in Dunkelheit liegende, wegen der Luftschutzbestimmungen von keiner einzigen Laterne beleuchteten Straße hinaus und war schon nach wenigen Schritten froh, daß nicht er Karola, sondern sie ihn führte, weil sie von seiner Unwissenheit ihres zu Hause wußte.

Schon nach einigen hundert Metern die Straße hinab bog sie in eine, von Helge nie beachtete Nebenstraße ein, blieb direkt an der Ecke vor einem vierstöckigen Mietshaus stehen, löste ihre Hand aus der Seinen und sagte nüchtern:

„ Das war's dann. - Wir sind am Ziel."

Damit wollte Helge sich nicht abgeben. – Er trat, mit dem Versuch ihren Gesichtsausdruck zu erkennen an sie heran und fragte verwundert:

„ Was denn? – Hast Du schon immer so nah' beim Hof meiner Großeltern gewohnt?"

„ Ja. – Wir haben schon immer hier gewohnt."

„ Dann wundert es mich, daß wir uns niemals begegnet sind, wir uns nie kennengelernt haben."

„ Wann bekommt man schon eine Gelegenheit, einen Menschen kennenzulernen, der nur während einiger Wochen im Jahr hier ist?"

Helge, der glaubte ein leises Bedauern in ihrer Stimme zu hören, verdrängte einen letzten Rest von Befangenheit und sagte forsch:

„ Das kann man doch ändern." Er griff nach ihrer Hand und war überrascht, daß Karola es ohne Gegenwehr geschehen ließ: „ Können wir uns nicht einmal treffen?"

Vorsichtig löste sie ihre Hand aus der Seinen, wendete sich ab und sagte über die Schulter hinweg:

„ Ich weiß nicht. – Irgend wann vielleicht. – Warten wir es ab."

Enttäuscht, weil er sich auf eine Zusage von ihr gefreut hatte, zog er sich langsam zurück. Woher sollte er auch wissen, daß auch Karola sich ein baldiges Wiedersehen mit ihm wünschte? – Er murmelte einen kurzen gute Nachtgruß, wartete noch einen Moment, bis sich die Haustür hinter ihr schloß.

Mit gesenktem Kopf trottete er zum Hof seiner Großeltern zurück und erlebte seinen Großvater von einer ihm noch nicht bekannten Seite, als er in die Küche trat.

„ Du siehst nicht gerade glücklich aus, Helge. – Ist etwas geschehen?"

„ Nein, was soll schon geschehen sein ", wehrte Helge ab: „ Es ist alles in Ordnung."

In Großvaters Gesicht kam ein verständnisvolles Lächeln, als ihm bewußt wurde, was seinen Enkel bewegte:

„ Eine Festung zu erstürmen bedarf es mitunter mehrerer Anläufe, mein Junge. Man muß sich nur nicht entmutigen lassen." Er musterte Helge und blinzelte listig mit den Augen: „ Mit der richtigen Strategie und ein wenig List wirst Du Dein Ziel mit Sicherheit erreichen."

„ Rudolf ", klang Großmutters erzürnte Stimme auf, „ setz' dem Jungen bloß keine Flausen in den Kopf. – Er muß ja nicht unbedingt zu dem gleichen Draufgänger, zu einem Ebenbild von Dir werden. – Laß' ihn seinen eigenen Weg gehen!"

Wie einen Schlußpunkt setzend, stellte sie mit einem laut hörbaren Klirren die von ihr gesäuberten Teller in den Schrank und sagte versöhnlich:

„ Hört auf mit dem unsinnigen Geschwätz. – Was geschehen soll, geschieht. – Also gebt endlich Ruhe und geht zu Bett."

Großvater stand auf, trat an Großmutter heran und gab ihr einen Kuß. Sie sah ihn strahlend an, hob ihre Hand und strich ihm mit einer zarten, ihre ganze Liebe zu ihm zeigenden Bewegung über die Wange.

Helge, der den Beiden verstohlen zugesehen, wünschte im Stillen, daß auch er einmal so viel Zuneigung, wie seine Großeltern sie zueinander empfanden, erfahren würde. – Sie nicht zu stören, zog er sich in sein Zimmer zurück.

Die Hoffnung, Karola schon am nächsten Tag wiederzusehen, erfüllte sich für Helge nicht. – Da die Ernte längst abgeschlossen, das Getreide gedroschen und die Kartoffeln gerodet, die Rüben eingelagert und das Heu eingefahren war, es auf dem Hof seines Großvaters kaum noch etwas zu tun gab, wußte Helge nicht recht, was er mit seiner Zeit anfangen sollte.

Von seinem Großvater leise belächelt, war Helge einige Male am Haus, in dem Karola lebte vorübergegangen und hatte schließlich, die Zwecklosigkeit seiner Bemühungen sie zu treffen einsehend aufgegeben. – Aus Langeweile begann er, sie neu zu entdecken, durch die herbstlich stillen, von in leuchtendes Rot, Gelb und Braun gefärbten Blätter bedeckten Straßen der Stadt zu wandern, ohne zu ahnen, daß er sie in den letzten Tagen ihrer Schönheit und Unversehrtheit erlebte, sie so in Erinnerung behalten würde, er, nachdem sie wenige Wochen später vom Krieg geschändet und zerstört war, niemals mehr seine in Trümmer und Schutt versunkene Heimat wiedersehen sollte.

Während seines Stundenlangen umherwanderns hatte sich Helges, ohnehin nicht gute Stimmung noch verschlechtert. – Nichts von dem, was es während vergangener Ferien an Aktivitäten gegeben hatte, war noch zu spüren. Alles Leben schien wie in lauerndem Abwarten, was sich an der Front tat, erstorben, schien in der Furcht, den richtigen Zeitpunkt zur Flucht vor den Russen und Polen zu verpassen, erstarrt zu sein.

Helge entschloß sich nach Berlin zurückzukehren, in eine Stadt, in der die Menschen mit verzweifelten Anstrengungen einen für ihr Überleben, wenn auch aussichtslosen Kampf gegen einen für sie nicht erreichbaren, aus der Luft Bomben auf sie werfenden Feind führten.

Obwohl Helge wußte, daß sein Entschluß abzureisen seine Großeltern traurig stimmen, sie vielleicht sogar in ihren Empfindungen verletzen könnte, war er fest entschlossen diesen Schritt zu tun.

Abwesend, tief in Gedanken versunken, eilte er, den kürzesten Weg wählend, mit schnellen Schritten auf das große Stadttor zu und

prallte unvermutet in dessen Inneren mit einem ihm entgegenkom-
menden Menschen zusammen, der anscheinend genau so gedanken-
verloren durch die Gegend gestolpert war wie er.

Gefolgt von den zornigen Worten einer Frau, wich er erschrocken
in das Halbdunkel des Tores zurück:

„ Haben Sie keine Augen im Kopf, Mann? – Sie sollten in Zukunft
besser aufpassen wohin Sie rennen, Sie Tölpel!“

„ Trifft das nicht auch auf Sie zu?“ Fragte Helge, eben noch zu
einer Entschuldigung bereit aufgebracht?

„ Andere Menschen in Gefahr bringen und dann auch noch frech
werden, das lie.......“

Sie verstummte abrupt, trat an Helge heran und starrte ihn ungläubig an:

„ Helge? – Du?“ Sie strich sich verwirrt die Haare aus dem Gesicht, fragte erstaunt: „ Was tust Du denn hier?“

Helge horchte erstaunt auf, als er an der Stimme erkannte, mit
wem er gerade zusammengestoßen war. Er trat auf Karola zu und
sagte versonnen:

„ Was ist das doch für eine merkwürdige Welt. – Seit Tagen versuche ich nun schon, und das ohne Erfolg, Dich zu treffen. – Und
dann “, er schüttelte verwundert den Kopf, „ stoße ich im wahrsten
Sinne des Wortes an einem Ort, an dem ich allen möglichen Menschen, aber niemals Dir zu begegnen glaubte auf Dich. – Was für
ein verrückter, aber doch schöner Zufall.“

Karola sah ihn zweifelnd an:

„ Hast Du wirklich nach mir gesucht?“

„ Aber ja! – Ich habe praktisch meine ganze Zeit darauf verwandt.
Da ich Dich aber nicht finden konnte, wollte ich eigentlich schon
morgen abreisen.“

„ Und was wirst Du nun tun?“ In Karolas Stimme klang die Angst mit, daß er es auch tat.

„ Ich habe keine Ahnung." Helge blickte sie fragend an: „ Möchtest Du daß ich noch bleibe?"

„ Es wäre schön, wenn Du noch einige Tage bliebest ", sagte sie, obwohl sie wußte, daß ihre Zweisamkeit nur von kurzer Dauer sein würde, ließen aber Helge alle Vorsätze nach Hause zu fahren vergessen.

„ Wollen wir noch ein Stück gemeinsam gehen ", fragte Karola, sich bei Helge einhakend und führte ihn, keinen Widerspruch von ihm bekommend durch Gegenden, die er, obwohl er glaubte die Stadt gut zu kennen, noch niemals betreten hatte, erreichten erst lange nachdem es dunkel geworden Karolas Heim. Mit Mühe unterdrückte Helge den Wunsch sie zu küssen, als sie sich für den nächsten Tag verabredend voneinander verabschiedeten.

Die während der nächsten Tage noch kurzen Treffen wurden immer länger, dehnten sich schließlich über den ganzen Tag aus. Schon bald wurden ihre zarten, heimlich getauschten Küsse und scheuen Berührungen direkter und fordernder, wuchs das Verlangen nach einer Vereinigung mit dem anderen immer mehr, endete schließlich für Karola und Helge in einem beglückenden Rausch, als Helge sie, ihr den Hof seines Großvaters zu zeigen, in die Scheune und auf deren Heuboden führte.

Sich wieder an seine einstigen wilden Spiele erinnernd, stieg Helge, wie er es als Junge oft getan, in das Gebälk, bis hoch unter das Dach der Scheune hinauf und sprang mit einem lauten Freudenschrei hinunter in das ausgedroschene, auf dem Zwischenboden gelagerte Stroh. - Umhüllt von einer aufstiebenden Staubwolke blieb er einen Augenblick mit ausgebreiteten Armen liegen, sprang plötzlich auf, schlang einen Arm um Karolas Hüften und sagte übermütig:

„ Komm Karola, laß es uns noch einmal gemeinsam tun."
Karola sah ihn wie nicht begreifend an: „ Was gemeinsam tun?"
„ Na springen." Helge deutete nach oben, in das Gebälk der Scheune hinauf.

„ Bist Du verrückt?" Brauste Karola empört auf: „ Glaube nicht, daß ich mir wegen einer Deiner ausgefallenen Ideen den Hals breche."

„ Nichts wirst Du Dir brechen. – Du solltest es einmal erleben! – Es ist einfach ein überwältigendes Gefühl von dort oben durch die Luft wie ins Nichts zu fallen und doch sicher im weichen Stroh zu landen."

Karola blickte skeptisch nach oben, überlegte einen Moment und sagte, vom Fehler ihrer Entscheidung überzeugt:

„ Na gut. – Aber mach' Dich auf etwas gefaßt, wenn mir bei dem Unsinn etwas passieren sollte."

„ Ich habe den Unsinn schon hundert Mal, vielleicht sogar schon öfter gemacht und es ist nichts passiert. – Warum also sollte gerade Dir etwas geschehen?"

Ihr immer wieder helfend stieg Helge auf den höchsten Balken hinauf und sprang, die sich ängstlich an ihn klammernde mit sich ziehend in die Tiefe. – Noch bevor sich der bei ihrer Landung aufgewirbelte Staub gelegt hatte, wendete sich Helge, um Karolas Wohlergehen besorgt, der benommen im Stroh liegenden zu und blickte mit steigender Erregung auf ihre, von vom Sprung nach oben gerutschten Rock entblößten, schlanken Beine und den zierlichen Slip, unter dessen Weiß sich das Dreieck ihrer dunklen Schamhaare abzeichnete.

Angeregt von dem Anblick und dem ihn beherrschenden Wunsch Karola ganz zu besitzen, legte er eine Hand auf ihren Oberschenkel und begann zart über dessen Innenseite zu streicheln.

Einen kleinen Moment lag sie, wie von der für sie ungewohnten Berührung in Schrecken versetzt regungslos im Stroh und begann plötzlich, sich ganz Helges kühner werdenden Liebkosungen hingebend, ihn und sich selbst zu entkleiden.

Mit immer ungeduldiger werdenden Händen erforschte sie seinen Körper, steigerte sich ihre Lust, als sie seine harte Nähe fühlte, schrie nicht nur vor Schmerz, sondern vor Glück auf, als er in sie drang, sie den heißen Strom fühlte, mit dem er sich in sie ergoß.

Wie beschämt von ihrer gegenseitig gezeigten Blöße kleideten sie sich an und gingen Hand in Hand, noch immer von einem übermächtigen Glücksgefühl erfüllt in das Haus.

Helges Großeltern, die gerade in der Küche ein kleines Mahl einnahmen, sahen erstaunt auf, als Karola und Helge den Raum betraten und bemerkten sofort die Veränderung in derer Benehmen. – Sie wechselten einen wissenden Blick miteinander und es war, als erinnerten sie sich wieder an das Glück und den Anfang ihrer eigenen, vor langer Zeit, auf ähnliche Weise beginnenden Liebe.

Während Helge und Karola, von Großmutter bedient etwas aßen, saß Großvater auf seinem Stuhl und sah den beiden stumm zu. Auf Helges, aus einem schlechten Gewissen heraus gestellte Frage, wie und wobei er ihm in den nächsten Tagen noch helfen könne, zuckte er nur mit den Achseln, antwortete gleichmütig:

„ Macht Ihr Euch ruhig noch ein paar schöne Tage. Das Wenige, daß noch auf dem Hof zu tun ist, schaffe ich leicht allein."

Von seinem Großvater von allen Pflichten auf dem Hof befreit, erlebte Helge die wenigen, ihm noch bleibenden Tage wie im Rausch. – Gemeinsam waren Karola und er durch die nahe und weite Umgebung der Stadt gewandert, waren, trotz der beginnenden herbstlichen Stürme noch einmal an die Ostsee, nach Stolpmünde gefahren.

Sich an seine Kindheit erinnernd, stürmte Helge, Karola ungeduldig hinter sich herziehend am kleinen Hafen entlang, auf die lange, weit ins Meer ragende Mole hinaus und blickte, nicht auf die hoch aufspringende, ihn langsam durchnässende Gischt achtend, von ihrem Kopf auf das vom Wind aufgewühlte Wasser hinaus.

Ohne sich um Karolas zaghafte Proteste zu kümmern, strebte Helge, nachdem sie die Mole verlassen, durch die Dünen und am menschenleeren, von wild auflaufenden Wellen umspülten Ufer entlang und plötzlich kamen ihm die unbeschwerten, von Sonnenlicht überfluteten, fröhlichen Tage, an denen er als kleiner Junge von seinem Onkel, dem Bruder seines Vaters, das Schwimmen gelernt hatte, in den Sinn.

Mit dem Gefühl etwas wertvolles für immer verloren zu haben, verließ er den Strand und kehrte in den Ort zurück. – Als sie wenig später im Zug nach Stolp zurückfuhren, wurde Helge beinahe schmerzhaft bewußt, daß die unbeschwerten Tage seiner Kindheit endgültig zu Ende waren.

Obwohl er noch hätte bleiben können, entschloß Helge sich schon zwei Tage später ganz spontan nach Berlin zurückzukehren, weil er den ihm nicht verborgen gebliebenen, ständig anwachsenden Kummer seiner Großmutter, ihn bald hergeben zu müssen, nicht noch vergrößern wollte, er das länger werdende, sorgenvolle Schweigen seines immer stiller gewordenen Großvaters nicht mehr ertragen konnte.

Das Verständnis und die Ruhe, mit der seine Großeltern reagierten, als er ihnen seinen Entschluß mitteilte, erfüllten ihn mit Erleichterung, milderte sein schlechtes Gewissen. – Als wäre seine Entscheidung die normalste Sache der Welt, waren sie in ihre Vorratskammer gegangen und hatten begonnen eine Reisetasche mit Gänsefett und Wurst, mit Schinken und einem großen runden Bauernbrot zu füllen, von denen die meisten Menschen im Land schon nicht mehr wußten, daß es solche Schätze im untergehenden Deutschland noch gab.

Noch einmal war Helge am Tag seiner Abreise durch den Garten, die Scheune und die geleerten Ställe gewandert, war zu seinen Großeltern und Karola auf den Wagen gestiegen und blickte voller Trauer noch einmal über den Hof, bevor der von den beiden Brauen gezogene Wagen auf die Straße rollte.

Mit feinem Instinkt, wohl Helges gedrückte Stimmung spürend, schmiegte sich Hasso, der ausnahmsweise auf dem Wagen mitfahren durfte an dessen Bein, legte ihm die Schnauze auf das Knie und sah Helge, wie ihn zu trösten mit seinen treuen Augen unverwandt an, genoß es, daß der ihm zum Dank für sein vermeintliches Verständnis während der ganzen Fahrt das Fell kraulte.

Es herrschte eine merkwürdige Stille, als wüßte niemand der auf dem Wagen sitzenden noch etwas zu sagen. – Es war die gleiche Sprachlosigkeit, wie Helge sie bei der Beerdigung von einem seiner besten Freunde erlebt hatte, der nach einer Magenoperation unter großen Qualen gestorben war.

Obwohl ihm seine Gedanken frevelhaft erschienen, sehnte er das Ende der Fahrt herbei. – Zufrieden, endlich am Ziel zu sein, nahm Helge seine Reisetaschen an sich und strebte, gefolgt von seinen Großeltern, Karola und dem Hund auf den Bahnsteig und stieg, erleichtert, daß weder Großmutter noch Karola bei der Verabschiedung in Tränen ausgebrochen waren in den Zug.

Nach einigem Suchen fand er ein Abteil, in dem noch einige Plätze frei waren. Er verstaute sein Gepäck, trat auf den Gang und sah aus dem geöffneten Fenster auf die Menschen hinab, die er am meisten liebte.

Die ständig wiederholten Ratschläge seiner Großeltern auf sich zu achten, sich keinen unnötigen Gefahren auszusetzen und Karolas Forderung sich zu melden, sie nicht zu vergessen, wurden schon bald von den lauten, die Halle füllenden Durchsagen von der Bahnsteigkante zurückzutreten und dem in immer schnellerer Folge, mit scharfem Zischen ausgestoßenen Dampf der, den Zug in Bewegung setzenden Lokomotive verschluckt.

Mit dem Versuch noch einmal Helges aus dem Fenster des anrollenden Zuges gestreckte Hand für eine letzte liebevolle Berührung zu erreichen, eilten die Zurückbleibenden neben dem Zug her, blieben aber, die Vergeblichkeit ihrer Bemühungen einsehend, nach wenigen Schritten stehen.

Sie nicht aus den Augen zu verlieren, beugte Helge sich weit aus dem Zug und sah mit Tränen gefüllten Augen auf die langsam kleiner werdenden, vom Rauch der Lokomotive umhüllten Gestalten, die langsam im weißen Dampf verschwindend, sich in Nichts aufzulösen schienen, still und leise, als wären sie niemals gewesen, für immer aus seinem Leben verschwanden. - Er ahnte nicht, daß er keinen von ihnen jemals wiedersehen sollte.

Oderbruch April 1945

Noch einmal sah Helge in die Richtung der seit einem Tag beunruhigend stillen Front, von der her aus Lautsprechern an die deutschen Soldaten gerichtete Durchsagen, den Kampf zu beenden und nur mit Kochgeschirr und Besteck zu ihnen überzulaufen, zu ihm herüber schallten. - Nach einem kurzen Blick auf den von Sternen übersäten Himmel und seine Armbanduhr, verließ er seinen Posten am Geschütz und begab sich, nicht sonderlich auf Deckung bedacht zu ihrer Unterkunft im Keller der Zuckerfabrik, um seinen Kameraden, der ihn um vier Uhr Morgens ablösen sollte zu wecken.

Er hatte noch kaum die oberen Stufen der in den Keller führenden Treppe betreten, als ihn ein bedrohliches, immer lauter werdendes, orgelndes Geräusch in der Luft aufschreckte. Noch bevor er sie schließen, oder sich von ihr entfernen konnte, prallte ihm voller Wucht die von der Druckwelle mehrerer auf dem Hof explodierender Granaten zugeschleuderte Tür in den Rücken. Mühsam sein Gleichgewicht haltend, stolperte er die Stufen hinab, direkt vor die Füße seiner aufspringenden Kameraden, die aus tiefem Schlaf geweckt, vom plötzlich hereinbrechenden Inferno überrascht, verwirrt, weil nicht wissend, was um sie herum geschah, nach ihrer Kleidung und ihrer Ausrüstung suchten.

Helges Hoffnung, daß es sich wie schon oft nur um ein kurzes Störfeuer der russischen Artillerie handelte, wurde gründlich zerstört, als sich das ohrenbetäubende Getöse berstender Granaten immer mehr zu einem höllischen, alle anderen Laute übertönenden Lärm steigerte, der eben noch ruhige Keller, wie von den ununterbrochenen Einschlägen zum Leben erweckt, zu beben und zu schwanken begann, als winde sich die von den Granaten aufgerissene Erde in ihren Schmerzen.

Und er erlebte noch einmal die gleiche, kaum zu beherrschende Furcht, die er schon zwei Tage zuvor beim ersten, vierstündigen Trommelfeuer durchlebt hatte und sie aus ihrer Stellung getrieben, in die sie erst nach einem massiven Gegenangriff zurückkehren konnten.

Wie seine Kameraden, die sich Schutz suchend an die Wände des Kellers geschmiegt niedergekauert, hatte auch Helge sich in eine Ecke des Kellers gezwängt und starrte von ständig zunehmender

Furcht erfüllt, bei jeder der über ihnen explodierenden Granaten in diesem schmutzigen Keller sein Leben zu verlieren, zur unter den schweren Granateinschlägen bebenden Decke hinauf.

Die plötzlichen, das Getöse übertönenden, lauten Schreie wirkten auf Helge wie befreiend, weckten seine Neugier, löschten alle anderen, ihn gerade noch bedrückenden Empfindungen aus. – Er richtete sich auf und starrte voller Verwunderung durch die von Schwefeldampf, Rauch und pulverisierter Erde getrübte Luft auf den Rücken eines seiner Kameraden, der, unverständliche Worte ausstoßend die Kellertreppe hinauf hetzte, die Tür aufstieß und auf den Hof hinaus stürmte.

Helge hastete an eines der von ihnen zu schmalen Sehschlitzen verengten Fenster und spähte in die in Rauch gehüllte Trümmerwüste hinaus auf den Mann, der in wilden Sprüngen über den Hof rannte, abrupt stehen blieb, als wäre er gegen eine Wand geprallt, sich langsam drehte und wie zum Gruß die Hand hebend in sich zusammensank.

Wissend, welches schreckliche Geschehen sich vor seinen Augen abspielte, wendete Helge sich ab, sah nicht mehr wie sein Kamerad von unzähligen Kugeln getroffen niedersank und reglos, als wenn er schliefe, in der Mitte des Hofes liegen blieb.

Geschockt, noch immer mit dem eben Gesehenen beschäftigt, zog Helge sich auf seinen Platz in der Ecke des Kellers zurück, bemerkte erst nach langer Zeit, daß das Getöse um sie herum leiser geworden, nur noch wenige Granaten in der Nähe einschlugen, nur noch das kurze Stakkato, der in unregelmäßiger Folge aus Maschinenpistolen abgegebenen Feuerstöße in seine Ohren drang.

Im Glauben, dem Schlimmsten entronnen zu sein, lehnte Helge sich entspannt zurück, sprang aber schon wenige Augenblicke später von einer anderen, nicht geringeren Panik erfüllt auf, als er die, in einer fremden Sprache laut gerufenen Befehle vernahm, er den russischen Soldaten, einen Mongolen, in der offenen Kellertür erblickte, der sie, seine Kameraden und ihn, seine Maschinenpistole drohend hin und her schwenkend aufforderte den Keller zu verlassen.

Ihn nicht zu reizen, und dem anscheinend auch gegen seine Angst ankämpfenden russischen Soldaten keinen Grund auf ihn zu schießen zu geben, sprang Helge auf und lief, seine Waffen zurücklassend, mit über den Kopf erhobenen Händen die Treppe hinauf auf den Hof hinaus, direkt auf eine Gruppe von russischen Soldaten zu, die ihn mit brutalen Stößen ihrer Waffen zu seinen, vor einer Mauer stehenden Kameraden trieb.

Während Helge, die Mündung einer Maschinenpistole in seinem Nacken auf seinen Tod wartend, mit bebenden Gliedern und kaum zu beherrschender Furcht gegen die rostroten Steine der Mauer starrte, vollzog sich eine Wandlung in seinen Gefühlen. – Die Unabwendbarkeit des Geschehens erkennend, verringerte nicht seine Furcht, brachte ihm aber die Beherrschung über seinen Körper zurück, ließ ihn die Leibesvisitation, wie er sie in den folgenden Jahren immer wieder erleben sollte, in stoischer Ruhe ertragen.

Wie von einem Martyrium befreit drehte Helge sich um, als man es ihm befahl. Er ahnte nicht, daß er schon wenig später ein ähnliches Martyrium erleben sollte. – Von einem der sie bewachenden Soldaten mit lautem „Dawaj, Dawaj„ und drohendem Schwenken seiner Maschinenpistole vorangetrieben, stolperte Helge, einen entsetzten Blick auf seinen toten, auf dem Hof liegenden Kameraden werfend, über die Trümmer des von deutschen Pionieren während des Trommelfeuers gesprengten Fabrikschornsteins hinweg. Marschierte auf der in eine Kraterlandschaft verwandelten Straße entlang, vorbei an einer Unzahl wie schlafend, oder in grotesker Hal-

72

tung am Wegrand und auf den Feldern liegenden getöteten, noch nicht geborgenen deutschen und russischen Soldaten, vorbei an den mit aufgedunsenen Bäuchen und in die Luft gestreckten Beinen auf den Feldern liegenden, dort verendeten Tiere, auf eine Pontonbrükke zu, die die Russen über die Oder hinweg geschlagen hatten.

Schon hoffend dem Schlimmsten, dem Horror der Front entronnen zu sein, wurde nicht nur Helge, sondern auch seine Kameraden eines Besseren belehrt.

Sie hatten noch kaum das Ende der Pontonbrücke erreicht, als ein Hagel von Stock- und Peitschenhieben, von Frauen in polnischer Uniform gegen sie geführt auf sie herab prasselte. – Mit schützend über seinen Kopf erhobenen Händen stürmte Helge durch das dichte Spalier der laute Beschimpfungen ausstoßenden, wild zuschlagenden Frauen das leicht ansteigende Ufer hinauf, stoppte erst seinen Lauf, als hinter ihm das scharfe „Stoi„ des sie bewachenden Soldaten erklang, der während der ganzen Zeit nichts unternommen, sie vor den Angriffen der Frauen und deren Mißhandlungen zu schützen.

Helge kam es vor, als hätte es dem jungen Russen, der sie bewachte, sogar eine gewisse Genugtuung verschafft, ihre Erniedrigung durch die Frauen zu erleben. - Er war bereit ihn dafür zu hassen, war aber klug genug nichts von seinen Gefühlen zu zeigen, eine unbewußte Handlung, die ihm in den nächsten Jahren zur Gewohnheit werden sollte.

Sich dem Zwang des Postens fügend, marschierte Helge hinter seinen Kameraden her eine leicht ansteigende, vollkommen intakte Straße hinauf, in ein Dorf hinein, daß in seiner Unversehrtheit den Anschein erweckte, als hätte es in seiner unmittelbaren Nähe niemals Kriegshandlungen gegeben, ihn beim Anblick der Bauernhäuser und dem strengen aus den verwaisten Ställen strömenden Geruch nach Pferden und Kühen schmerzlich an seine Heimat und den Hof seines Großvaters erinnerte.

Die harten Befehle, sich am Waldrand vor einem Gutshaus nieder-zusetzen und der Anblick des auf sie zukommenden Offiziers, der jeden von ihnen einzeln zu einem Verhör in das Haus führte, löschten augenblicklich seine in der Vergangenheit weilenden Gedanken aus. – Erleichtert, nach einer in scharfem Befehlston durchgeführten Befragung, nach Truppenzugehörigkeit, Bewaffnung und Gefechts-stärke wieder bei seinen Kameraden zu sein, wurde der gerade von den russischen Offizieren geschaffene Eindruck von Unerbittlich-keit und geringer Wertschätzung für den einzelnen Menschen ins Gegenteil verkehrt, erlebte er die selbstlose Hilfsbereitschaft russi-scher Menschen, wie er sie noch oft, aber meistens nur von älteren Russen erfahren sollte.

Auf ein erneutes, hartes Verhör gefaßt, musterte Helge mißtrau-isch den in eine zerknitterte Uniform gekleideten grauhaarigen, kleinen Mann, der zwischen den Bäumen am Waldrand aufgetaucht war und mit verhaltenem Schritt auf ihn und seine Kameraden zu-kam.

Dicht vor der erstaunt zu ihm aufblickenden, am Boden hockenden Schar Gefangener blieb er stehen, reichte jedem von ihnen wortlos einen Blechnapf und einen hölzernen Löffel und begann, als wäre es die natürlichste Sache der Welt aus einem großen Topf, den er vor sich abgestellt hatte, ihre Näpfe mit einer dicken Hirsesuppe zu füllen, die so fett und voller Fleischstücke war, wie Helge seit Jah-ren nichts Vergleichbares mehr in Deutschland gegessen hatte.

Anfangs noch zögernd, doch plötzlich einen unbändigen Hunger spürend, begann Helge, als fürchte er, daß man ihm etwas wegneh-men könnte schneller zu essen. – Als Letzter seiner Kameraden stellte er sein Gefäß vor sich ab, hob den Kopf und blickte direkt in

die Augen des Alten Mannes, der ihm mit einem stillen Lächeln zugesehen hatte.

Unwillkürlich, einer alten Gewohnheit folgend, stand Helge auf
und trat, im Bestreben sich bei dem alten Mann für seine Freundlichkeit zu bedanken auf diesen zu und wurde unvermittelt mit harten Kolbenstößen, begleitet von unverständlichem, lautem Fluchen
des sie bewachenden jungen Soldaten wieder auf die Erde gezwungen. – Die Erste, ihm in der Gefangenschaft erteilte Lektion, keine
spontanen Handlungen ohne irgend wessen Einwilligung zu bege-
hen.

Von hilflosen Zorn auf den jungen Posten erfüllt hockte Helge
zwischen seinen Kameraden und beobachtete voller Bedauern den
alten Mann, der von dem jungen Soldaten barsch angetrieben, den
Topf und das Geschirr zusammenraffte und mit eiligen Schritten
zwischen den Bäumen des Waldes verschwand. – Schon bald aber
hatte er den alten Mann vergessen, als er inmitten seiner Kameraden, nun von zwei Posten vorangetrieben, nach langem Marsch in
einem weit hinter der Front liegenden Dorf ankam, auf dessen weitem Dorfplatz sich eine unbestimmte Anzahl anderer, gefangen ge-
nommener deutscher Soldaten einzeln oder in kleinen, dicht zusammengedrängten Gruppen in apathischem Schweigen verharrend,
niedergelassen hatte.

Vom Marsch erschöpft setzte Helge sich in den Schatten eines
Baumes, lehnte sich an dessen Stamm , schloß die Augen und döste
in leichtem Halbschlaf vor sich hin. – Von den von einem russischen
Offizier in gebrochenem Deutsch laut erteilten Befehlen aufgeschreckt, erhob er sich schwerfällig, stellte sich in die Reihe seiner
sich in stoischem Gleichmut ordnenden Kameraden.

Zum ersten Mal erlebte Helge einen der unendlich langen, immer
wieder von vorne beginnenden Zählappelle, denen in der Zukunft

noch ungezählte andere folgen sollten. Viel später in ihm den Verdacht weckten, als bereite es den russischen Offizieren und Mannschaften eine Befriedigung mit unnötigen, schikanösen Appellen ihre Macht über die ihnen hilflos ausgelieferten Menschen zu demonstrieren.

Wie viel Zeit während der Zählung vergangen wußte Helge nicht zu sagen, als sie, in Gruppen aufgeteilt in die leeren Bauernhäuser gebracht wurden, in denen sie die Nacht verbringen sollten. – Und nun bekam Helge seine zweite Lektion, die ihn lehrte, daß er nun selbst für sich und sein Wohlergehen zu sorgen hatte, nicht mehr auf die Hilfe seiner Kameraden hoffen konnte.

Zwischen all den ihn umgebenden Fremden, kamen ihm plötzlich auch die ihm seit langem vertrauten Kameraden wie Fremde vor, von denen jeder, rücksichtslos die Schwachen verdrängend, in der Enge des Hauses den besten Platz für sich zu erobern suchte. – Er fühlte sich einsamer und verlassener, als jemals in seinem Leben zuvor.

Es dauerte einige Zeit, während der Helge suchend durch das Haus strich, bis er einen Platz zum schlafen fand, den niemand anderer wegen seiner Unwirtlichkeit für sich beanspruchte.

Mit steifen, schmerzenden Gliedern kämpfte Helge sich nach einer unruhigen, auf hartem Boden verbrachten Nacht auf die Beine und verließ, über noch in tiefem Schlaf liegende Mitgefangene hinweg steigend das Haus, ging, von den aufmerksamen Blicken eines sie bewachenden Posten beobachtet an den Brunnen in der Mitte des Hofes und erfrischte sich mit dessen eiskalten Wasser.

Obwohl es ihm in der frischen Morgenluft fröstelte, kehrte Helge nicht mehr in das Haus zurück. Er setzte sich auf die unterste Stufe der Eingangstreppe und wartete geduldig auf das Erscheinen seiner noch im Haus weilenden Kameraden.

Er mußte nicht lange warten. – Allmählich begann sich der Hof mit den aus dem Haus kommenden, ihm fremden Schicksalsgenossen zu füllen, in deren Gesichtern Helge die gleiche ängstliche Hilflosigkeit zu sehen glaubte, die auch ihn erfüllte.

Erleichtert, sie nach langem, vergeblichen umher spähen endlich entdeckt zu haben, begab er sich zu seinen Kameraden, die sich in apathischem Gleichmut kommender Dinge harrend, in einer Ecke des Hofes versammelt hatten. – Wie einem Kommando gehorchend drehten sich plötzlich alle auf dem Hof Versammelten in eine Richtung und starrten voller Erwartung auf das sich langsam öffnende Hoftor, durch das eine Gruppe mit Brot beladener russischer Soldaten auf sie zukam.

Nun wurde Helge, in einer Jugendorganisation in ideologischem Sinn erzogen endgültig klar, daß die von ihr idealisierten, hehren Ziele von Kameradschaft, Opfer- und Hilfsbereitschaft hier ihre Bedeutung verloren hatten, es nicht mehr darum ging, von dem Wenigen, daß man von der großen Masse erlangte mit einem schwachen Kameraden zu teilen, sondern den größten Teil von dem Wenigen das verteilt wurde für sich selbst zu gewinnen, es nicht mehr um den Bestand eines anderen, sondern den Erhalt des eigenen Lebens ging, als er die Gier und den Kampf seiner, wie auch ihn Hunger leidenden Kameraden um eines der größten, von den Posten an sie verteilten Stücke Brot erlebte.

Es blieb ihm kaum Zeit das Wenige, daß er in dem entstandenen Durcheinander erlangt hatte in Ruhe zu sich zu nehmen. – Von den sie bewachenden Posten zur Eile gemahnt, ordnete Helge sich in die Kolonne ein, die sich in ängstlicher Ergebenheit für einen Marsch in eine ungewisse Zukunft formierte.

Helges eben noch empfundenes Behagen über das zu dieser frühen Jahreszeit ungewöhnlich schöne und warme Wetter, wandelte sich schon bald in heftigen Zorn auf ihre Bewacher, die die aus mehreren hundert Deutschen Soldaten bestehende Kolonne mit ihrem ständig wiederholten – dawai, idi paschli – über das schlechte Pflaster einer staubigen Landstraße voran trieben.

Von zunehmendem Durst und Hunger geplagt, wurden Helges Schritte schwerer, wurden beinahe zu einer meditativen Handlung. Wie in Trance, mechanisch ein Bein vor das andere setzend, schweiften seine Gedanken ab in die Ferne, zu seiner Familie, zu seinen Freunden und verweilten einen langen Moment bei seiner ersten, gerade erlebten Liebe, verweilten in Vergangenheit und Zukunft, nicht im Hier und Jetzt.

Irgend wann aber waren alle Gedanken schon einmal gedacht, die Vergangenheit unzählige Male durchlebt, kam die Gegenwart wieder in Helges Bewußtsein zurück, als er unverhofft gegen den Rükken des vor ihm marschierenden prallte.

Überrascht hob Helge den Kopf und bemerkte, daß die Kolonne ins Stocken geraten, von den sie bewachenden Posten geleitet, sich drängend und schiebend auf das weit offen stehende Tor einer am Rand einer Stadt stehenden Scheune zustrebte und, wie sich in Nichts auflösend, in ihrem dunklen Inneren verschwand.

Schon wenig später hatte auch Helge das Tor erreicht und stolperte, von den Nachdrängenden gestoßen in die Scheune hinein. Es dauerte einige Minuten bis sich seine Augen, eben noch an das helle Sonnenlicht gewöhnt, an das Dämmerlicht im weiten Raum angepaßt hatten, er Einzelheiten erkannte. – Was Helge, sich umsehend erblickte, erfüllte ihn mit Sorge.

Obwohl die Scheune schon dicht gefüllt war, strömten noch immer unzählige Menschen in sie hinein, machten die schon herrschende Enge noch unerträglicher, bevor sich endlich das Tor hinter den Letzten der in sie verbrachten Gefangenen schloß.

Von den um einen ausreichend großen Ruheplatz kämpfenden, ihm an Stärke Überlegenen umher gestoßen, wurde Helge, obwohl er sich verzweifelt dagegen wehrte, durch die langsam zur Ruhe kommenden Menschen bis an die Wand der Scheune gedrängt. Ohne die geringste Aussicht auf eine Verbesserung seiner Lage, kauerte er sich dort, aus Mangel an Raum mit eng an den Leib gezogenen Beinen nieder.

Noch einmal spähte er, nach seinen Kameraden Ausschau haltend in das Halbdunkel des Raums und erkannte, daß er keine Chance hatte Einen von ihnen in dem unübersichtlichen Durcheinander von den, in den unmöglichsten Haltungen dicht gedrängt auf dem Boden liegenden Menschen zu entdecken. - Trotz der plötzlichen unterschwelligen Angst vor dem Alleinsein versank Helge, vom langen Marsch erschöpft, schon bald in einen tiefen Schlaf, der ihn seine größer gewordenen Sorgen vergessen ließ.

Benommen von der, von den Ausdünstungen der auf engsten Raum zusammengedrängten Menschen kaum noch zu atmenden Luft, gelang es Helge erst nach einigen vergeblichen Versuchen seine von der ungewöhnlichen Schlafhaltung verkrampften Glieder zu lösen und den laut in gebrochenem Deutsch in die Scheune schallenden Befehlen folgend, sich zu erheben.

Froh der Drangsal in der Scheune zu entkommen, strebte Helge, mit tiefen Zügen die ihm von der offenen Scheunentür entgegen strömende, frische Luft atmend ins Freie hinaus und stürmte, nicht auf die ihn an seinem Vorhaben hindernden Warnrufe der Posten achtend auf die große, vor dem Tor stehende Viehtränke zu, steckte seinen Kopf hinein und trank mit gierigen Zügen von dem warmen, abgestandenen Wasser, als hätte er in seinem ganzen Leben noch niemals etwas köstlicheres zu sich genommen.

Vom schalen Wasser gestärkt und von einem ihrer Bewacher mit harten Kolbenstößen vom Trog vertrieben, ordnete Helge sich in die zum Abmarsch bereitstehenden Gefangenen ein. – Seine stille Furcht, wieder einen solch langen Marsch wie am vergangenen Tag durchstehen zu müssen, erwies sich als unbegründet.

Schon nach nur wenigen Kilometern durch eine Stadt, in der es außer deutschen Gefangenen, und diese bewachenden russischen Soldaten und noch einigen unruhig umherflatternden Vögel kein anderes Leben mehr zu geben schien, stoppte die Kolonne auf dem ausgedehnten Gelände eines Güterbahnhofs.

In Gruppen von fünfzig Mann aufgeteilt und von zwei Posten bewacht, wie Schlachtvieh in die nach oben offenen Güterwagen getrieben, setzte sich der Zug nach einer kurzen Wartezeit, mit seiner menschlichen Fracht beladen, immer weiter nach Osten strebend in Bewegung.

Und nun erlebte Helge wieder die gleiche, erniedrigende Prozedur, die er schon am ersten Tag seiner Gefangennahme mehrmals hatte über sich ergehen lassen müssen.

Während der eine der Posten, hoch auf der Wand des offenen Waggons sitzend, die auf dem Boden desselben hockenden Gefangenen überwachte, stieg sein Kamerad vom anderen Ende des Waggons zu ihnen hinab und begann, rücksichtslos die Ärmel der Uniformjacken der ihm hilflos ausgelieferten Gefangenen mit dem ständig wiederholten Ruf – Uhri-Uhri – nach oben zu schieben, stieß mit seiner Maschinenpistole, auf der Suche nach noch nicht entdeckten Knobelbechern, den Stiefeln der deutschen Soldaten, brutal zwischen deren Beine, um schon bald zu erkennen, daß hier längst keine Beute mehr zu machen war, längst alle Gefangenen ihrer sauberen Fußbekleidung beraubt, in ausgetretenen, vom Fußschweiß russischer Soldaten getränkten Schnürschuhen umherliefen.

Befreit von der rücksichtslos durchgeführten Suchaktion des russi-

schen Postens, lehnte Helge sich zurück und genoß die von den ungehemmt in den offenen Güterwagen einströmenden Sonnenstrahlen
geschaffene Wärme, genoß das vom gleichmäßigen Fahrgeräusch
der über die Schienenstöße rumpelnden Räder geschaffene Gefühl
von Ruhe und Frieden.

Von der immer häufiger in seine Ohren dringenden Frage, in welche Stadt sie einfuhren aufmerksam geworden, richtete Helge sich
auf und blickte über die Wand des Eisenbahnwagens auf die vorüberziehenden, immer dichter beieinander stehenden Häuser.

Noch bevor der Zug an seinem Bestimmungsort ganz zum Stehen
gekommen, hatte Helge, von der sich wie ein Lauffeuer ausbreitenden Nachricht erfahren, daß sie in Posen, einem der großen Sam-
mellager für deutsche Kriegsgefangene angekommen waren.

Ungerührt von der Hektik, mit der sie ausgeladen und in das riesige Lager gebracht wurden, empfand Helge die Ordnung und Organi-
sation nach den bisher, während der letzten Tage erlebten chaotischen Improvisationen ihrer Bewacher geradezu als angenehm. –
Schon wenig später wandelte sich aber seine Zufriedenheit in das
Gegenteil.

Kaum hatten sich die Lagertore hinter ihnen geschlossen, fühlte
Helge sich wieder wie auf einem deutschen Kasernenhof, als sie
von einem Stabsfeldwebel und zwei ihm als Stellvertreter zugeord-
neten Feldwebeln, von den Russen, wie Helge später erfuhr, als
deutsche Lagerleitung eingesetzt, wieder mit längst überstanden ge-
glaubtem, preußischem Drill konfrontiert wurden.

Als wenn sie noch jetzt ihre, wie sie wohl glaubten, anderen Völ-
kern überlegene deutsche Ordnung und Gründlichkeit beweisen
müßten, ließen sie die von Mangel an Essen und Trinken Erschöpften mit in Kasernen üblichen, lauten, im Kommandoton erteilten
Befehlen zum Zählappell antreten.

Helge, dem es schon immer schwer gefallen sich dem militärischen Zwang zu fügen, kam der Verdacht, daß die Russen genau
wußten, daß niemand anderer imstande war, die deutschen Kriegsgefangenen besser und nachhaltiger zu disziplinieren und zu über-
wachen, als die Deutschen selbst.

Aufgeteilt und von einem, von der Lagerleitung zum Führer ihrer
Gruppe bestimmten Feldwebel geleitet, in einer der vom deutschen
Arbeitsdienst errichteten Baracken untergebracht, erlebte Helge
kurze Zeit später zum ersten Mal nach seiner Gefangennahme eine
annähernd gerechte Essenverteilung.

Nach dem, während der letzten Tage ausgestandenem Hunger und
Durst erstmals halbwegs gesättigt, begab Helge sich auf eine Ent-
deckungstour durch das Lager. – Er war schon eine geraume Zeit
umhergestreift, als ihm plötzlich auffiel, daß sich zwischen den
hunderten der im Lager internierten Soldaten nicht ein einziger Offizier befand.

Neugierig geworden wo sie wohl sein könnten, ging er an dem, die
Gefangenen am Entweichen hindernden Zaun entlang und gelangte
an ein, durch einen doppelt gespannten Stacheldrahtzaun vom nor-
malen Lager getrenntes Areal. – Er trat an den Zaun heran und
starrte mit ungläubigem Staunen auf die mit, auf Kosten unzähliger,
ihr Leben opfernder Frontsoldaten erworbenen Ritter-, anderer
Kreuze und Abzeichen geschmückten Uniformen der Generäle und
Offiziere, die in den ihnen von den Russen belassenen, schon wieder in preußischem Glanz strahlenden Stiefeln, sich gelangweilt
unterhaltend auf und ab flanierten.

Von den Offizieren mit abweisenden Blicken gemustert, wendete
Helge sich ab und ging auf die am Rand des Lagers installierte, von
den Lagerinsassen wegen ihrer primitiven Konstruktion aus über
eine in die Erde gegrabenen Grube, von mit runden Löchern verse-

henen, starken Brettern überdeckten, nur Donnerbalken genannten Toilette zu. – Noch mit sich selbst beschäftigt, vernahm er plötzlich die laut fordernden Rufe nach der Zurückgabe einer Uniformjacke, die einer der seine Notdurft Verrichtenden hinter sich auf das als Halt für die Hockenden errichtete Geländer gehängt hatte und nun zornig feststellte, daß er, während er sich erleichterte, von einem vermeintlichen Kameraden um ein vielleicht Leben erhaltendes Kleidungsstück bestohlen worden war.

Helge, der bisher kaum auf das Wenige, seine Uniform, eine zufällig mitgenommene Zeltplane und ein irgendwo gefundenes, von den Landsern Schanzgerät genanntes, aus Löffel und Gabel, miteinander verbundenes Eßgerät geachtet hatte, erkannte wieder, daß die Begriffe von Anstand, Hilfsbereitschaft und Kameradschaft bei vielen der hier auf engstem Raum Versammelten ihre Bedeutung verloren hatten, viele der Gefangenen zum Einzelkämpfer für ihr eigenes Überleben geworden, jeden sich bietenden Vorteil für sich wahrnehmen würden. – Und Helge erkannte, daß der Verlust von den noch in seinem Besitz befindlichen Gegenständen auch für ihn fatale Folgen haben konnte. Er kehrte, mit dem Vorsatz in Zukunft aufmerksam auf seine Sachen zu achten in seine Unterkunft zurück.

Er legte sich auf die blanken Bretter seiner Holzpritsche und hoffte trotz der Härte seiner Lagerstatt Schlaf zu finden. – Eine Hoffnung, die schon wenig später auf das Heftigste zerstört wurde.

Posen   9.Mai 1945

Ein plötzlich ohrenbetäubender, alle anderen Geräusche übertönender Lärm schreckte Helge aus seinem gerade erst begonnenen Schlaf. - Benommen, ohne zu begreifen was um ihn herum vorging sprang er von seiner Pritsche auf den Boden hinab und eilte, die Ursache des Lärms und die Quelle des durch die verschmutzten Fenster in die Baracke dringenden roten und weißen Lichts zu ergründen ins Freie hinaus.

Kaum im Freien, warf er sich Schutz suchend neben dem aus Steinen gemauerten Fundament, auf dem die Baracke ruhte nieder, als er den Grund für das Inferno erkannte, er die lauten, in deutscher und russischer Sprache über das Lager schallenden Rufe vernahm, daß Deutschland kapituliert, der Krieg beende war. - Wer konnte schon ahnen, daß das Sterben an den Fronten vorbei, in den unzähligen, in den Weiten Rußlands verstreut liegenden Gefangenenlagern aber weitergehen würde.

Helge verspürte nichts von der Freude der Russen, die, ohne auf ihre Umwelt zu achten, in überschwänglischem Siegestaumel unkontrolliert aus allen ihren Waffen ganze Salven von Leuchtspur- und anderer Munition in der Gegend herum und in den Himmel schossen.

Sich vor den mit einem scharfen Zischen in bedrohlicher Nähe an ihm vorüber streifenden Kugeln zu schützen, beeilte sich Helge wieder in das Innere der, wie sich am nächsten Morgen herausstellte, auch nur wenig Schutz bietenden Baracke zu gelangen.

Unfähig, sich dem in die Baracke dringenden Waffenlärm und dem lauten Singen und Grölen der nicht nur vom Sieg trunkenen Russen zu entziehen, wälzte Helge sich unruhig auf seiner Pritsche umher. Immer wieder schreckte er aus einem leichten Dämmerschlaf, in den er für kurze Momente gesunken auf, wenn der dumpfe Klang eines in die Wand schlagenden Geschosses, das Splittern von Holz oder Glas die anderen Geräusche außerhalb des Raumes übertönte.

Voller Verbitterung richtete Helge sich auf und starrte auf ein nahes Fenster, hinter dem in unregelmäßiger Folge Mündungslichter aufblitzten. Er wünschte nicht nur das Ende des unkontrollierten Schießens, sondern viel mehr noch das Ende dieser beinahe apokalyptischen Nacht herbei.

Wissend, daß er keine Macht hatte den Lauf der ihm viel zu langsam verrinnenden Zeit zu beschleunigen, legte Helge sich auf die harten Bretter zurück, zog, Stille um sich zu schaffen, seine Uniformjacke und die Zeltplane über den Kopf und rollte sich, wie die Tiere es im Winterschlaf taten zusammen.

Erschrocken von der Plötzlichkeit, mit der er von einem ungewohnten Geräusch aus dem ihm doch noch Erholung bringenden Schlaf geweckt wurde, sah Helge sich verstohlen in dem, im Halbdunkel des beginnenden Tages liegenden Raum um und erblickte eine Gruppe von sich immer wieder leise zur Ruhe mahnenden Männer, die sich in einer Ecke des Raumes um etwas ihm nicht Erkenntliches, am Boden liegendes versammelt hatten.

Seiner schon beinahe krankhaften Sucht, alles ihm nicht Verständliche zu ergründen folgend, zu erfahren, was den noch in tiefem Schlaf Liegenden verborgen bleiben sollte, verließ Helge seine Ruhestatt und schlich, jeden Laut vermeidend, durch die ihm Deckung gebenden doppelstöckigen Schlafstellen bis an die im Kreis versammelten Männer heran.

Unbemerkt von ihnen stellte Helge sich auf die Zehenspitzen und blickte über deren Köpfe hinweg auf zwei reglos am Boden liegende Männer, und er ahnte, als er die großen Blutflecke an ihrer Kleidung entdeckte, daß sie tot waren.

Helge konnte den Anblick der beiden Männer, deren Glaube den Krieg heil überstanden und gesund nach Hause zu kommen, von den Kugeln, der ihren Sieg feiernden, wild um sich schießenden Russen grausam zerstört worden war nicht länger ertragen. – Er verspürte plötzlich die Furcht, daß diese beiden nicht die letzten Toten nach dem Ende der Kriegshandlungen sein könnten, das Sterben nach dieser Kapitulation vielleicht weitergehen würde. – Eine Furcht, die sich viele Jahre später, in Statistiken und Auflistungen der noch in der Gefangenschaft gestorbenen dokumentiert, als berechtigt herausstellen sollte.

Nicht nur von dem, was er gesehen, sondern auch von dem was ihm durch den Kopf ging erschüttert, schlich Helge zu seiner Lagerstatt zurück, raffte die wenigen, ihm verbliebenen Habseligkeiten zusammen, verließ die Baracke und setzte sich einige Meter vom Eingang der Baracke entfernt auf einen dort liegenden Baumstamm.

Ohne daß es ihm bewußt war, hatte Helge sich in seinem Benehmen und Denken geändert. Von dem, während seiner Jugend immer wieder praktizierten Versuch den Lauf der Dinge zu beeinflussen und nach seinem Willen zu verändern, war nichts geblieben. Während der wenigen Wochen der Gefangenschaft hatte sich sein einst diskussionsfreudiges, streitbares Temperament in den beinahe fatalisten Gleichmut gewandelt, die Dinge an sich heran kommen zu lassen und erst dann zu entscheiden, welcher Nutzen aus einer neu entstandenen Situation für ihn zu erlangen war, eine Methodik, die er noch vor wenigen Wochen als unehrenhaft weit von sich gewiesen hätte.

In seine, ihn vor der morgendlichen Kühle Schutz bietende Zeltplane gehüllt starrte Helge mit wie leerem Kopf zum, von der hinter dem Horizont aufsteigenden Sonne in Gelb und Rot gefärbten Himmel hinauf und empfand es wie eine Erlösung, als laute, im Lager erschallende Befehle die Gefangenen aus dem Schlaf und ihn aus seiner lethargischen Haltung, aus seinem dumpfen Brüten erweckte.

Der Ablauf, der nun wie immer in gleicher Folge durchgeführten

Aktionen ließ nichts mehr von dem Chaos, daß noch während der letzten Nacht im Lager geherrscht hatte erkennen. – Was Helge aber als ungewöhnlich empfand, war die Eile, mit der der obligatorische Zählappell abgewickelt und die karge Tagesration von Brot und Getränken verteilt wurde. – Und zum ersten Mal erlebte Helge, wie blitzschnell ein aus dem Nichts aufgekommenes Gerücht, daß die meisten der Gefangenen wegen des Platzmangels aus dem Lager entlassen würden sich ausbreitete und die Runde machte, er die anfangs noch zaghaften, aber langsam immer euphorischer werdenden Stimmen vernahm, daß sie bald frei kamen.

Helge begab sich nicht in die Schar der Optimisten, die glaubten nun nach Hause zu kommen, als er inmitten der langen Kolonne, dem Bahnhof zu aus dem Lager marschierte. - Er konnte sich einfach nicht vorstellen, daß die Russen so dumm waren, ihre Gefangenen erst hunderte von Kilometern nach Osten zu transportieren, um sie dann wenige Wochen später, ohne eine Gegenleistung erhalten zu haben den gleichen Weg wieder zurück führen zu müssen.

Er ignorierte die von den wenigen, am Straßenrand stehenden, noch in der Stadt verbliebenen deutschen Zivilisten mit freudigen Stimmen zugerufenen Worte vom Ende ihrer Gefangenschaft und einem baldigen Wiedersehen mit ihren Familien. Er wagte erst daran zu glauben, wenn er wirklich frei war und seiner Familie gegenüber stand.

Von den Befehlen der sich, im am Bahnhof entstehenden Durcheinander selbst behindernder, russischer Offiziere hin und her kommandiert, fand Helge sich, nachdem er zum x-ten Mal seine Position in der Kolonne hatte wechseln müssen, von 39 anderen Gefangenen umringt vor einem Güterwaggon wieder, in dem man gewöhnlich Maschinen, lebenswichtige Güter, auch Vieh , aber keine Menschen zu befördern pflegte.

Beim Anblick des aus groben Bohlen zusammengefügten, bis auf einige kleine, vergitterte Luken dicht unter dem Dach Fensterlosen Transportmittels, befürchtete Helge, daß die Gefangenschaft nicht beendet war. – Und er glaubte in seinen Ahnungen bestätigt zu sein, als er inmitten der Gruppe, der er zugeteilt war in einen der in langer Reihe hintereinander stehenden Waggons verbracht, das laute Rollgeräusch der sich schließenden, sie von der Außenwelt abgrenzenden Waggontür und den harten, die Endgültigkeit dieser Handlung unterstreichenden, metallenen Schlag des in seine Halterung fallenden Sicherungsbügels vernahm.

Nach einem kurzen Moment, während dem sie wie nicht begreifend auf die geschlossene Schiebetür gestarrt hatten, erwachten die nun von der Welt Ausgeschlossenen wieder zu hektischem Leben. Sich gegenseitig behindernd auseinander strebend, versuchte jeder, von keinem im Waggon für Disziplin und Ordnung sorgenden Befehl zurückgehalten, einen ihm am bequemsten erscheinenden Platz in der Enge des Waggons, der ihnen nun für eine unbestimmt lange Zeit als Heimstatt dienen würde zu erlangen.

Von dem plötzlichen Tumult um sich herum aufgeschreckt, kletterte Helge, den weitaus Älteren wegen seiner Jugend an Behendigkeit überlegen, blitzschnell auf den im Waggon installierten Zwischenboden und richtete sich direkt neben einer der kleinen, eine beschränkte Sicht nach Außen bietenden Luken ein. Er konnte diesen Platz aber nur behaupten, weil sich ein, trotz seines ramponierten Aussehens noch immer Respekt verbreitender Oberfeldwebel neben ihm niedergelassen und energisch die Helge bedrängenden, ihn um seinen Platz Neidenden zurückwies.

Nach der anfänglichen Unruhe breitete sich eine beinahe bedrückende Stille im Waggon aus. - Es war, als lausche jeder konzentriert und angespannt auf ein von außerhalb der Holzwand zu ihnen dringendes Geräusch, daß ihnen einen Hinweis auf den weiteren Verlauf des Geschehens und ihres weiteren Schicksals hätte geben können.

Nach einer langen Zeit bedrückender Stille war es, als klinge ein erleichtertes Seufzen durch das Halbdunkel im Innern des Wagens, als sich der Zug endlich, nach einer zur Qual gewordenen Wartezeit mit einem plötzlichen Ruck und knirschenden Rädern in Bewegung setzte.

Unwillkürlich richtete Helge sich auf, preßte sein Gesicht gegen die kleine Luke neben ihm in der Waggonwand und versuchte, durch die schmalen Schlitze nach draußen starrend, die Richtung, in der sich der immer schneller werdende Zug an den letzten Häusern der Stadt vorbei in das offene Land hinaus bewegte zu ergründen.

Und von einem auf den anderen Augenblick war auch bei ihm die noch heimlich gehegte Hoffnung auf eine sofortige Heimkehr geschwunden, war ihm klar, als er die von der tief stehenden Sonne auf die Erde geworfenen, nach Osten weisenden Schatten der Häuser, Bäume und Sträucher erblickte, daß ihre Reise nicht Na Sapad, nach Westen, sondern Na Wostok, nach Osten ging.

Helge legte sich auf sein primitives Lager zurück und überließ die kleine Luke dem Oberfeldwebel, der sich, im Bestreben auch einen Blick nach draußen zu erhaschen über ihn gebeugt hatte.

Der sah durch einen der engen Spalte auf die Landschaft, durch die der Zug eilte, wendete sich aber schon nach wenigen Minuten ab und murmelte resignierend, aber doch für die in der Nähe ruhenden Männer verständlich , in sarkastischem Ton:

„ Ade Frau und Kinder. – Ihr werdet wohl doch noch für einige Zeit ohne mich auskommen müssen."

Im Gegensatz zu den anderen im Waggon Anwesenden, die den Oberfeldwebel, von dessen Worten aufgeschreckt, mit Fragen, was er mit seiner Äußerung gemeint, was er gesehen und in welche Richtung sie fuhren bestürmten, blieb Helge ruhig liegen, weil er als Erster erkannt hatte, daß die Reise nach Osten ging. – Eine Erkenntnis, mit der sich einige der gleich ihm in Gefangenschaft befindlichen Kameraden nur schwer abzufinden vermochten.

Sich bewußt, daß es im Moment nichts wichtigeres gab, als in der auf so engem Raum beieinander liegenden, zufällig zusammengewürfelten Truppe für Ordnung und Disziplin zu sorgen, brachte der Oberfeldwebel, als Ranghöchster für diese Aufgabe prädestiniert, die laut Diskutierenden mit einigen scharfen Befehlen zum Schweigen und fügte mahnend, wie nicht nur um das der ihm stumm Lauschenden, sondern sein eigenes Schicksal besorgt hinzu:

„ Verschwendet nicht Euren Atem mit sinnlosen Vermutungen und Fragen nach Richtung und Ziel der Fahrt. – Fragen, die Euch niemand beantworten würde, auch wenn er die Antwort wüßte. – Verhaltet Euch ruhig und still, spart Eure Kraft für die Tage, Wochen und Monate, vielleicht langen Jahre, die noch vor uns liegen, verwendet all' Eure Energie darauf gesund zu bleiben und unbeschadet nach Hause zu kommen. – Und damit das so ist, stellen wir erst einmal für jeden von uns annähernd gleiche Bedingungen her."

Nicht auf einige protestierende Zurufe achtend, kletterte der Oberfeldwebel vom Zwischenboden des Waggons auf dessen Boden hinab und begann jedem der Männer eine gleich große Fläche zuzuweisen, so daß einige, die nur einen Platz neben der aus groben Brettern zusammen gezimmerten, schräg nach Außen führenden, ihnen als Toilette dienenden Rinne hatten finden können, sich an einer anderen Stelle niederlassen konnten, niemand gezwungen war, sich ständig in unmittelbarer Nähe eines Orte aufzuhalten, der während der kommenden Tage, obwohl nur in den dringendsten Fällen benutzt, vermischt mit den Ausdünstungen von vierzig ungewaschener männlicher Körper für alle im Wagen eingeschlossenen zu einer kaum noch zu ertragenden Geruchsbelästigung wurde.

Während der, nur zur Getränke- und Essensausgabe haltenden Zuges unterbrochenen, sonst in stetigem Gleichmaß verrinnenden Tage, bemerkte Helge, daß es ihm immer schwerer fiel, sich an die Vergangenheit zu erinnern, die Bilder glücklicher, auf dem Hof seiner Großeltern verbrachten Stunden von den gegenwärtigen Ereignissen verdrängt, immer mehr verblaßten, auch das eintönige Ra-ta-ta-ta, der über die Schienenstöße rollenden Räder nicht mehr in der Lage war ihn zum träumen zu bringen.

Nicht auch, wie seine Kameraden in deren Zustand von stummer, sorgenvoller Erwartung in die Zukunft zu verfallen, hatte sich Helge, aus Langeweile und Mangel an Bewegung angewöhnt, stundenlang durch die schmalen Spalten der kleinen Luke auf die vorüberziehende, sich wandelnde, in ihrem Aussehen immer fremder werdende Landschaft zu starren.

Die weiten, am Beginn ihrer Reise noch sichtbaren, einst von hart arbeitenden Bauern bewirtschafteten, nun brach liegenden Felder schrumpften, waren weniger geworden, waren schließlich ganz geschwunden, waren von ausgedehnten, wie von erfahrenen Fachleuten gepflegt aussehenden Wäldern verdrängt, die sich während der folgenden, immer mehr zur Tortur werdenden Tage ihrer Fahrt nach Norden, in die Sowjetunion hinein, zu einem aus niederem Buschwerk und immer kleiner gewordenen Bäumen bestehenden, schier undurchdringlichen Urwald wandelten, in dessem Dunkel Helge keinen einzigen Vogel, noch ein Zeichen von anderem Leben entdecken konnte, obwohl er angestrengt danach Ausschau hielt.

Des gleichbleibenden Anblicks der vorüberziehenden Landschaft müde geworden, brach Helge seine Beobachtungen ab und bemerkte, nachdem er sich selbst zur Untätigkeit verdammt zum ersten Mal

bewußt, wie sehr ihn nicht nur die Enge und die von den Ausdünstungen der vielen Menschen verdorbene, schwer atembare Luft,
sondern ein seit Tagen zunehmendes Unbehagen über seinen körperlichen Zustand belastete, weil er aus Scham vor den verstohlenen, wie er meinte mitunter auch verlangenden Blicken nur seine
Blase entleert, nicht aber seinen Darm, wie es einige andere mit
weniger Hemmungen behaftete ungeniert taten.

Der Wunsch, der Enge des Waggons zu entkommen, sich endlich
wieder in sauberer Luft frei bewegen zu können, wurde nicht nur in
Helge, sondern auch in den anderen, in stoischem Schweigen auf
ihren Plätzen verharrenden Männer immer übermächtiger. Keiner
von ihnen wußte im Nachhinein noch mit Sicherheit zu sagen, wie
viele Tage vergangen waren, als der Zug, ohne daß seine Insassen
es ahnten, für ein letztes Mal zum Stehen kam.

Obwohl sich das Halten des Zuges in nichts von dem der vergangenen Tage unterschied, schien doch jeder der im Wagen Eingeschlossenen zu ahnen, daß sich ihre Situation ändern würde, ihre
Odyssee durch ein vom Krieg verwüstetes, brach liegendes Land
und Tundra ähnliche Wälder inmitten einer weiten, nur von einigen
Baumgruppen durchsetzten, sonst kahlen Ebene, weit ab von irgend
einer Stadt oder einer anderen menschlichen Behausung ihr Ende
gefunden.

Der unzählige Male gehörte Laut des umschlagenden, die große
Tür geschlossen haltende Sicherungsbügel und das Rollgeräusch der
sich öffnenden Tür, durch die ein Schwall von kalter Luft in den
Wagen drang, ließ Helge, an die von den Ausdünstungen der vielen
Menschen aufgewärmte Luft angepaßt erschauern.

Inzwischen an die von den Posten in stetigem Gleichmaß durchgeführten Aktionen gewöhnt, verweilten alle auf ihren Plätzen und
warteten geduldig darauf, daß ihnen der an jedem Vormittag mit ei-

nem dicken, aus nur schwer zu definierbaren Zutaten bestehendem Brei gefüllte Kübel und ein Eimer voll Wasser in den Wagen gereicht wurde und sich anschließend die Tür sofort wieder schloß.

Dieses Mal war alles anders. – Die Tür blieb offen. - Statt der sonst in den Wagen gereichten Verpflegung, schallten laute, für sie nur unvollkommen verständliche Befehle zu ihnen herein. Neugierig geworden und sich zu vergewissern, was draußen vorging, stieg Helge von seinem erhöhten Platz, trat an die immer noch offene Wagentür und sprang, ohne sich zu besinnen auf den Bahndamm hinab, als er die Posten erblickte, die mit ihren Maschinenpistolen wild gestikulierend ihre Woeinoplenijs, ihre Kriegsgefangenen aufforderten, sofort den Zug zu verlassen.

Gegen ein, wegen der tagelangen Bewegungslosigkeit ihn befallendes, leichtes Schwindelgefühl ankämpfend, sah Helge sich verstohlen im vor ihm liegenden Gelände um.

Außer einer Kolonne leerer, an die Russen als Kriegshilfe gelieferter, amerikanischer Armeelastwagen und einer ungewöhnlich großen Anzahl russischer Soldaten, konnte er nichts erkennen, was es sonst noch in einer sich, dem Anschein ins Unendliche dehnenden Landschaft an Außergewöhnlichem zu entdecken gab.

Helge konzentrierte sich wieder auf das unmittelbare Terrain neben dem Bahndamm, bemühte sich, in dem entstehenden Durcheinander der aus den Waggons quellenden deutschen Gefangenen, nicht von dem Oberfeldwebel, dem einzigen Menschen, dem er vertraute getrennt zu werden, als ihre Bewacher sie mit rücksichtsloser Härte an die Lastwagen heran und auf sie hinauftrieben.

Lautes Geschrei ließ nicht nur die auf den Lastwagen sitzenden Gefangenen, sondern auch deren Bewacher noch einmal auf den Zug zurückblicken. Und Helge bereute sofort, daß er es getan, als er sah, welches Drama sich vor ihrer aller Augen zu entwickeln begann.

Um sicher zu sein, daß auch jeder der in ihrem Gewahrsam befindlichen deutschen Plenijs den Zug verlassen, sich der Gefangenschaft zu entziehen, nicht in einem der Wagen verbarg, hatten die russischen Wachmannschaften damit begonnen, jeden der Waggons gründlich zu durchsuchen. – Eine Gründlichkeit, die sich für zwei ihrer Kameraden als verhängnisvoll erwies.

Laut fluchend trieben die Posten die beiden in einem der Waggons gefundenen Soldaten vor sich her und stießen sie mit den Kolben ihrer Waffen brutal aus dem Wagen auf den Bahndamm hinab. Benommen vom Sturz rappelten sich die Beiden auf und wendeten sich leicht schwankend ihren Peinigern zu. – Und nun ging alles rasend schnell! - Mit Haß und dem unverkennbaren Willen zum Töten in ihren jungen Gesichtern sah die Gruppe junger Soldaten von oben her auf die Beiden hinab. Mit einer hilflosen, wie um Schonung bittenden Geste hoben sie die Arme und streckten ihre offenen Handflächen den auf sie gerichteten Läufe der Waffen entgegen, als könnten sie das längst gesprochene Urteil abwenden, die auf sie zu rasenden, ihnen den Tod bringenden Kugeln aufhalten.

Wie auch die anderen auf den Lastwagen, auf ihren Weitertransport Wartenden, hatte auch Helge, erstaunt, daß er weder Entsetzen noch Mitleid empfand, mit einem beinahe wissenschaftlichen Interesse dem grausamen Geschehen zugesehen, daß sich vor hunderten von Augenpaaren abspielte. - Eine Untat, die, wie auch unzählige Gleichartige, nach dem Waffenstillstand noch als Kriegshandlung gewertet, niemals geahndet wurde.

Während der Eine von ihnen schon nach wenigen Treffern niederstürzte und mit zur Erde gewandtem Gesicht still liegen blieb, drehte sich der andere der Männer, von den mit Wucht in seinen Körper eindringenden Kugeln durchgeschüttelt langsam herum, so daß die auf den Lastwagen hockenden Gefangenen seinen weit auf-

gerissenen Mund sehen konnten, aus dem statt eines, ihm nichts
mehr nützenden Hilferufs nur noch ein lautes, gequältes Röcheln
drang.

Mit einem letzten Zucken sich streckend, fiel er auf den Rücken
und starrte mit seinen erloschenen, wie in ungläubigem Staunen
weit offenstehenden Augen über eine den Lebenden nicht sichtbare
Grenze, in eine ihm plötzlich erschlossene Unendlichkeit.

Als wenn er den Anblick des gerade von ihnen Getöteten, den Anblick seiner weit geöffneten Augen nicht länger ertragen könnte,
sprang einer der Russen auf den Bahndamm hinab, näherte sich dem
Toten und trat, ihn auf den Rücken zu drehen, mehrmals mit Wucht
in die Seite, wendete sich wie befriedigt ab, als es ihm nach einigen
vergeblichen Versuchen endlich gelang.

Ohne sich noch um die am Bahndamm liegenden Toten zu kümmern, kletterten die am Tötungsakt beteiligten russischen Soldaten,
jeden leise aufkommenden Unmutsausbruch bei den Gefangenen
unterbindend, mit der Gewißheit, jedem der deutschen Soldaten mit
ihrer total überzogenen Handlung klar gemacht zu haben, daß sie
auch den geringsten Versuch einer Flucht mit brutaler Härte verhindern und ahnden würden, auf die zur Abfahrt bereitstehenden Lastwagen hinauf.

Helge, der noch immer auf die Toten gestarrt, vernahm plötzlich
im aufkommenden Motorenlärm der sich in Bewegung setzenden
Fahrzeugkolonne, die leisen, seine Fassungslosigkeit offenbarenden
Worte des neben ihm sitzenden Oberfeldwebels:

„Oh, Gott! – Was haben sich diese Beiden nur dabei gedacht?
Glaubten sie wirklich mit solch einem albernen Trick der Gefangenschaft zu entgehen?" – Er sah auf die bei der Fahrerkabine stehenden, sie bewachenden Russen: „So leicht sind die Russen nicht zu
täuschen. – Auch wenn es diese kaltherzige Handlung so erscheinen

läßt, sind sie nicht die primitiven Idioten und Untermenschen, wie man sie in der Propaganda während der vergangenen Jahre immer wieder dargestellt hat."

Noch die Worte des Oberfeldwebels im Ohr lehnte Helge sich zurück und sah, sich innerlich fragend, was Gott wohl mit dem allen zu tun hatte, zum Himmel hinauf, der ihm nach den endlos langen Tagen in einem engen Eisenbahnwaggon niemals klarer, niemals weiter und höher erschienen war.

Schon bald aber vergaß Helge den sich über ihn dehnenden Himmel, richtete sich seine Aufmerksamkeit auf die von den Russen Rollbahn genannte Straße, die sich, wie an einer stramm gespannten Leine, durch ständig wechselnde Tannen- und Birkenwälder schnurgerade dahin zog, sich immer mehr verengend am fernen Horizont an einem winzigen schwarzen Punkt zu enden schien.

Die während der sich über Stunden dehnende Fahrt durch eine nur wenig Abwechslung bietende Landschaft, versetzte Helge in einen schläfrigen Dämmerzustand, aus dem er schlagartig aufschreckte, als die Kolonne von der Rollbahn abbog und nach einigen Kilometern durch einen dichter gewordenen Wald über eine nur schlecht befestigte, mit vielen Schlaglöchern versehene Straße rumpelte und nach einer langen Kurve vor einem großen Tor in einem drei Meter hohen, doppelten Stacheldrahtzaun zum Stehen kam.

Was Helge und seine Kameraden, die sich, ihre Neugier zu stillen aufgerichtet hatten zu sehen bekamen, wirkte auf sie wie ein Schock.

Auf beiden Seiten des Tores standen je zwei hölzerne, ziemlich verwahrlost aussehende Baracken hinter denen sich ein riesiger, von ständig unruhig umherstreifenden Gefangenen bevölkerter Platz dehnte, der von einer nicht erkennbaren Anzahl von etwa hundert Meter langen und zwanzig Meter breiten, halb in die Erde gegrabenen Unterkünfte begrenzt war, aus deren mit Gras bedeckten Dächern in gleichmäßigem Abstand ragenden Rohren weißlicher Dampf aufstieg.

Den Weisungen folgend stieg Helge vom Wagen herab und marschierte im Verband seiner Kameraden durch das geöffnete Tor auf den weiten, plötzlich wie von Zauberhand geleerten Lagerplatz und starrte voller Abscheu auf die während der Zarenzeit für eine unbekannt große Zahl von Strafgefangenen geschaffenen, Menschen unwürdigen, primitiven Unterkünfte, die vielen der einstigen Bewohner zur letzten Station ihres Lebens geworden, nun deutschen Kriegsgefangenen als Heimstatt dienen sollten, obwohl sich die einstigen Verhältnisse in keiner Weise gebessert hatten.

Während des von den Russen eingesetzten, von den schon länger im Lager inhaftierten Gefangenen als harten Hund betitelten deutschen Lagerleiters durchgeführten Begrüßungs- und Zählappells, einer groben Auflistung künftiger Aufgaben, die sich, wie sich schon bald herausstellte auf ein zermürbendes Nichtstun beschränkte und der Einweisung in eine der in die Erde gebauten Unterkünfte, schweiften Helges Augen unermüdlich umher, obwohl kaum etwas von Bedeutung zu entdecken war.

Schon auf den Weg die wenigen Stufen hinab in einen von diffusem Licht nur spärlich erhellten Raum schlug Helge ein Schwall von verbrauchter, von Schweiß und den Ausdünstungen vieler ungewaschener Männer geschwängerten, nach Fäulnis und Moder riechender Luft entgegen, die sich ihm auf die Brust legte, ihm das Atmen schwer machte. Sich vorsichtig mit den Füßen voran tastend, schritt er langsam an den ihn und seine Kameraden kaum beachtenden, teilnahmslos auf ihren dicht beieinander liegenden Strohsäcken ruhenden, schon länger hier Hausenden vorbei im Bemühen, nicht vom Oberfeldwebel getrennt zu werden.

Kaum hatte Helge die ihm zugewiesene Schlafstelle neben der des Feldwebels gemustert, faßte er den Entschluß, jede sich bietende Chance zu nutzen, sich dem hier zeigenden Schmutz zu entziehen, aus diesem Lager weg und ein anderes zu gelangen, weil er der Meinung war, daß es nirgendwo schlechter sein konnte, als hier.

Er ahnte nicht, daß schon wenige Tage später seine heimlichen Wünsche ganz von alleine, ohne sein Zutun zur Wirklichkeit werden sollten.

Noch aber war es nicht so weit. – Sich von dem ihn seit Tagen quälenden Völlegefühl in seinem Leib zu befreien, begab er sich, den Ratschlägen seiner Kameraden folgend, sich auf seine Nase zu verlassen, auf die Suche nach der von den Soldaten nur Donnerbalken genannten Toilette, hockte ewig lange ohne ein Ergebnis auf dem nackten, über eine offene Grube gelegten Balken und wanderte während der nächsten Tage stundenlang, seinen Darm zum arbeiten anzuregen immer wieder einen Schluck Wasser trinkend, zwischen seiner Schlafstelle und dem primitiven Abort hin und her, fühlte sich wie von einer Last befreit, als es ihm endlich gelang sich zu erleichtern.

Obwohl Helge sich nun wieder einigermaßen wohl fühlte, plagte ihn nun nicht nur ein ständiges Hungergefühl, sondern viel mehr noch die Langeweile. – Aus Mangel an Bewegungsfreiheit streifte er stundenlang im Lager umher, so daß er schon bald jeden einzigen Winkel in ihm kannte, auch diese, die Zeit tötende Tätigkeit für ihn ihren Reiz verlor, aber trotzdem weiter von ihm praktiziert wurde, weil es nichts anderes zu tun gab.

Während seiner Wanderungen durch das Lager war Helge eine ihm unerklärliche Merkwürdigkeit aufgefallen. – Obwohl immer wieder Transporte mit Kriegsgefangenen ankamen, nahm die Zahl der im Lager Internierten nur unwesentlich zu, begegnete er immer häufiger unbekannten Menschen, während ihm vertraut gewordene Gesichter plötzlich verschwanden.

Vorsichtig begann Helge sich umzuhören und wußte schon bald, daß es bei der ständig größer werdenden Masse von Unterernährten, wegen der katastrophalen Hygiene und dem nicht Vorhandensein von Medikamenten schon bei den harmlosesten Krankheiten zu ungewöhnlich vielen Todesfällen kam, deren Zahl noch durch die Zunahme von Suiziden erhöht wurde.

Auf seine Frage, warum man beinahe nichts davon bemerkte, bekam er zur Antwort, daß die Toten während der Nacht aus dem Lager geschafft wurden, um die in den Erdbunkern schlafenden, noch gesunden Gefangenen nicht zu beunruhigen.

Dieses neu erworbene Wissen bestärkte Helge noch in seinem Bestreben, die erste sich bietende Gelegenheit zu nutzen, diesem Verderben bringenden Lager zu entkommen.

Die Erfüllung seiner Wünsche kam schneller und von einer Seite, von der er es niemals erwartet hatte.

Wieder einmal von einer seiner endlosen Exkursionen durch das Lager auf seinen Platz zurückgekehrt, nahm ihn der Oberfeldwebel, von Helge noch immer so respecktvoll genannt auf die Seite und forderte ihn auf, nicht mehr stundenlang durch das Lager zu streifen, sondern von nun an in seiner unmittelbaren Nähe zu bleiben, weil er bei einem vertraulichen Gespräch mit dem Lagerleiter erfahren hatte, daß eine Verlegung von einem Teil der Gefangenen in ein anderes Lager bevorstand und er mit großer Sicherheit glaubte sagen zu können, daß nicht nur er selbst sondern auch Helge dabei sein würden.

Helge war längst aufgefallen, daß, trotz der räumlichen und körperlichen Nähe der Gefangenen, ihre willkürlich zusammengeführte Gemeinschaft nicht mehr aus einstigen Kameraden, sondern aus auf ihr eigenes Wohl bedachte Egoisten bestand. Um so erstaunter war er, in des Oberfeldwebels Stimme einen beinahe väterlich mahnenden Klang zu hören und er beschloß, ahnend, daß sich etwas außergewöhnliches tat, an seiner Seite zu bleiben, sich nicht mehr weit von ihm zu entfernen, was sich schon bald als eine kluge Entscheidung erwies.

Schon wenige Tage später verlief der allmorgendliche Appell nicht mehr in der gewohnt, langweiligen Routine, bei denen nur kleine Gruppen für Instandsetzungs- und allgemeine, im Lager anfallende Arbeiten bestimmt wurden und die anderen, nicht benötigten Gefangenen wieder für einen weiteren Tag, mit dem Blick auf schon hunderte Male gesehene Bäume und dem immer gleich hoch erscheinenden Himmel, in die Langeweile, in ein lethargisches dahin vegetieren, in eine Monotonie entlassen wurden, die eine nicht geringe Zahl von ihnen nicht nur in tiefe Depressionen, sondern einige bis in den Tod trieben.

Dieses Mal wurde noch eine andere, etwa hundert Mann starke Gruppe, in der auch Helge und der Oberfeldwebel sich befanden ausgewählt und sofort, nachdem der Morgenappell beendet aus dem Lager, an dort bereit stehende Lastwagen geführt.

Als wenn Helge damit die Erinnerungen an die quälend langweiligen, in ständigem Nichtstun verbrachten Tage hätte auslöschen können, sah er stur nach vorn, in die Richtung der sich in Bewegung setzenden Lastwagen. - Er blickte nicht mehr zurück.

Mit dem Gefühl von Erleichterung, den hier erlebten Unzulänglichkeiten entronnen zu sein, saß Helge auf dem Lastwagen, der ihn, wie er mit leiser Selbstironie meinte, in eine andere, aber sicher leichter zu ertragende Hölle bringen würde. - Er ahnte nicht, daß er sich schon bald, nicht nach dem Schmutz, aber oft nach den ruhigen Tagen in dem gerade verlassenen Lager zurücksehnen sollte.

Wischnij-Wolotschek, Juni 1945

Stunden später, die Helge in einem leichten Dämmerzustand verbracht hatte, glaubte er sich nicht ins Paradies, aber doch in eine
geordnete Welt versetzt, als er vom Lastwagen herab die sauberen,
mit Schnitzereien verzierten Holzhäuser sah, die im Nachmittags-
licht golden Strahlenden Zwiebeltürme einer mitten in der Stadt
stehenden, von den Bolschewiken in ein profanes Magazin umge-
wandelten Kirche erblickte, an der sie auf ihrem Weg in das Lager
vorüber kamen, aus dem sie ihre Nahrung, den Kohl, Monate lang
nur Graupen oder Hirse, Fässer voller winziger Fische, mitunter einige Gramm Zucker und ganz selten Kartoffeln erhielten.
Plötzlich wurde im bewußt, daß nichts von dem, was er sah dem
entsprach, was die Propaganda in der Heimat ihnen einst jahrelang,
von den Parteiorganen in ein kritikloses Denken gedrängt über dieses Land mit verleumderischer Polemik vermittelt hatte. – Obwohl
Helge sich aufmerksam umsah, konnte er außer der überall sichtbaren Armut keinen von während des Krieges in deutschen Zeitungen,
Galerien und Ausstellungen gezeigten Bildern von in dreckigen
Erdlöchern und primitiven Hütten hausenden Untermenschen entdecken. Er erblickte nur saubere, vom Krieg verschont gebliebene
Häuser und Menschen, die sich außer der Kleidung in nichts von
Engländern, Franzosen oder Deutschen unterschieden, nicht mehr
oder weniger Kultur besaßen, als andere Völker auch.
Helge vergaß die Stadt und ihre Kirche, als er, am Lager angekommen, hinter dem Stacheldrahtzaun auf einem weiten, sanft ansteigenden Hang eine Anzahl robuster, aus Baumstämmen errichte-
ter, mit großen Fenstern versehener Häuser sah, die nun für eine
lange Zeit sein Zuhause sein würden.
Das eben noch empfundene Gefühl von Zufriedenheit schwand

aber sofort, als er die jungen Offiziere und Soldaten erblickte, die jenseits des Zaunes auf sie warteten. Er unterdrückte die plötzlich wieder in ihm aufkommenden Ängste, stieg vom Wagen auf den Boden hinab und marschierte, mit der Hoffnung auf ein halbwegs geordnetes Leben, neugierig von den schon im Lager ansässigen Gefangenen beobachtet, inmitten seiner Kameraden ins Lager hinein.

Woher sollte er wissen, daß in den Gehirnen der auf sie wartenden russischen Soldaten nichts anderes Platz zu haben schien, als die von ihren Politoffizieren in ihre Köpfe gehämmerten Parolen und der aus Haß geborene Wille, aus den Menschen, die ihr Land zerstört und Leid über sie gebracht, zur Wiedergutmachung der von ihnen angerichteten Zerstörungen das Letzte an Arbeitskraft herauszupressen.

Mit fünfzig anderen Gefangenen in eines der Holzhäuser eingewiesen, stand Helge, von der Helle und Sauberkeit im Raum angenehm überrascht neben dem unteren, ihm in einer zweistöckigen Pritsche zugewiesenen Schlafplatz und starrte beinahe andächtig auf den dünnen Strohsack, der die kahlen Bretter darunter bedeckte, eine Annehmlichkeit, die er seit vielen Tagen auf das Schmerzlichste vermißt hatte.

Die, von den schon lange Zeit im Lager inhaftierten, nach Neuigkeiten, und Abwechslung gierenden Gefangenen berechtigten, aber immer wieder, einer Gebetsmühle gleich, gestellten Fragen nach der Heimat und den Umständen ihrer Gefangenschaft und nach ihren Aussichten auf eine baldige Entlassung, auf die er nur unvollständige Antworten wußte, wurden Helge lästig.

Er zog sich zurück und begann statt dessen, wie er es im vorherigen gemacht, mit ausgedehnten Exkursionen durch das Lager streifend, dieses zu erkunden. – Und er stellte schon sehr schnell fest, daß es, dank der deutschen Lagerleitung, hervorragend durch organisiert war. – Neben der obligatorischen, von Gefangenen betriebenen Küche gab es zwei ständig arbeitende Frisöre, ein Krankenrevier und einen zur Entlausung dienenden Erdbunker, der oft wegen zu niedriger Temperaturen in seinem Innern, seiner Aufgabe nicht gerecht wurde, statt die in den Nähten der Kleidung angesiedelten Nisse zu vernichten, ausbrütete, eine neue Generation von Läusen schuf. Und es gab, was er in keinem der noch von ihm zu erlebenden Lager finden sollte, eine für alle Gefangenen zu größter Zufriedenheit aufs Beste funktionierende Sauna, die von zwei Berliner Feuerwehrmännern betreut wurde, die nur wegen ihrer Uniformen, die sie unglücklicher Weise zum Kriegsende noch trugen, mitgenommen worden waren und nun nicht nur im Lager, sondern auch in der nahen Stadt die Schornsteine und Öfen reinigen mußten.

Helges optimistische Stimmung kehrte sich schnell in das Gegenteil, als die zwei Tage dauernde Ruhe, die man den Neuankömmlingen zum Eingewöhnen in das Lagerleben gewährt hatte mit einem Schlag endete.

Ein erstes Mal wurde Helge zu einer Arbeit eingeteilt, von der er noch niemals etwas gehört, deren Härte er aber, nicht ahnend, daß sie ihn bis an die Grenzen seiner Leidensfähigkeit bringen würde, während der kommenden Monate in vollem Umfang zu spüren bekam.

Von zwei Posten und seinem Feldwebel, den man zu seinem Glück zu ihrem Zugführer gemacht angeführt, trottete Helge inmitten von dreißig Kameraden auf einem unbefestigten Weg hinab, auf eine kahle Ebene hinaus, deren monotone Eintönigkeit nur von hoch aufgeschichteten Baumwurzeln unterbrochen war.

Helge war es ein Rätsel woher sie kamen, da im weiten Rund weder Bäume noch Sträucher, sondern nur braune auf der Erde ausgebreitete, quadratische Fladen zu sehen waren. Aber nicht nur erstaunt über die Herkunft der Wurzeln, beschäftigte ihn die Frage, welchem Zweck die in einer Reihe hintereinander liegenden, durch einen schmalen Damm voneinander getrennten, mit Wasser gefüllten, quadratischen Löcher dienten, an denen ihr Weg entlang führte.

Schon kurze Zeit später bekam Helge auf die ihn beschäftigenden Fragen eine Antwort, als ihr Marsch bei einer monströsen, auf Schienen stehenden Maschine endete, aus deren Ende ein langes Förderband in eines der schon gesehenen, mit Wasser gefüllten, hier noch trockenen Löcher hinein ragte und an einer ihrer Seiten zwei über Rollen geführte, parallel nebeneinander laufende Drahtseile circa Zweihund Meter weit in das ebene Land hinaus führten, auf denen bald, was keiner der Gefangenen ahnte, mit nassem, schweren Torf gefüllte Bretter transportiert wurden, die von den an der Seite des Fließbandes postierten Männer herunter gehoben, über viele Meter getragen, auf dem Boden ausgebreitet werden mußten, eine Arbeit, die nicht nur Geschicklichkeit und Schnelligkeit erforderte, sondern, über viele Stunden ausgeführt ungemein Kraft raubend war, jeden, der sie ausführen mußte bis an den Rand der Erschöpfung trieb.

Noch aber verharrten sie, nicht wissend welche Mühsal sie zu ertragen hatten, in zur Gewohnheit gewordener fatalistischer Geduld auf die auf sie zukommenden Dinge.

Gänzlich unerwartet kam ein mittelgroßer, in einen schmutzigen, mit Öl verschmierten Overall gekleideter, alter Mann hinter der Maschine hervor, trat an die vor ihm stehenden Männer heran und begann sie, wie ihren Wert abschätzend einige Minuten lang mit kritischen Blicken zu mustern.

Mit einer, seine Geringschätzung zeigenden Handbewegung wendete er sich dem jungen Posten zu und sprach erregt, immer wieder auf die kleine Schar der geduldig auf eine Anweisung wartenden

Gefangenen deutend, auf diesen ein. – Der stand ganz still, als lausche er aufmerksam dem Wortschwall des alten Mannes, der ihm klarzumachen versuchte, daß er mit einer Horde deutscher Nichtskönner nicht in der Lage war, seine ihm vom Politbüro vorgegebenen Normen zu erfüllen.

Mit einer herrischen Geste und der kalten, emotionslosen Frage, ob er statt hier in der Sonne, lieber im fernen Sibirien in eisiger Kälte unter Schnee und Eis nach Torf graben wolle, brachte der Posten den alten Mann zum Schweigen.

Wie von der überall spürbaren Überwachung der Politkommissare geduckt, die auch dem jungen Posten eine nicht zu unterschätzende Macht verliehen, schlich der alte Mann hinter die Maschine und kehrte wenig später, mit Spaten und Stiefel ähnlichen Überzügen für die Beine beladen zurück, verteilte die Gerätschaften an einen Teil der Gefangenen und teilte sie in zwei Gruppen auf.

Die kleinere Gruppe, zu der auch Helge gehörte, die er zum Graben in das schon begonnene Loch geschickt, erkannte sofort, warum sie dort waren. – Der Rest der Gruppe, die der Alte neben dem langen, die Bretter mit dem Torf transportierenden Laufband postiert hatte, tat sich schwerer, begriff erst was sie tun sollten, nachdem der alte Mann es ihnen einige Male in grotesker Weise vorführte.

Ihnen zu zeigen was sie zu tun hatten, griff er, mit einem zornigen Blick auf die Gefangenen, die ihn belustigt beobachteten, nach einem der noch nicht mit Torf beladenen Bretter und eilte, immer wieder über Unebenheiten stolpernd über das Feld, stürzte das Brett nach etwa zwanzig Metern auf den Boden, raffte es auf, hastete zurück und legte es auf das untere, zurücklaufende Band.

Mit einer lauten, für die deutschen Gefangenen unverständlichen Frage, „Ponimaijsch, (verstanden)", brach er seine Demonstration ab, stapfte zu seiner Maschine zurück und setzte sie, voller Zweifel, ob die dummen Deutschen, wie er sie im Stillen nannte, seine Lektion auch begriffen hatten und von einem totalen Fiasko überzeugt in betrieb.

Die eben noch in ihnen aufgekommene, spöttische Heiterkeit, mit der die am Band stehenden Männer die unbeholfenen Sprünge des alten Mannes beobachtet hatten, schwand schnell, als sich das Band langsam mit den von Torf gefüllten Brettern in Bewegung setzte und sie nun, diese zu leeren, die gleichen verrückten Sprünge über das unebene Terrain vollführten, über die sie sich noch eben lustig gemacht hatten. – In diese Fronarbeit gezwungen, begannen sie nun mit immer gleichen Bewegungen, wie es Strafgefangene nur in ihren Zellen zu tun pflegten, mit auf den Boden gerichteten Blicken und nichts von der Umwelt wahrnehmend, im Bestreben sich der ihnen immer wieder aufgebürdeten Last zu entledigen, in stetigem Auf und Ab über das Feld zu hasten.

Die Qualen, die sie, Helge und seine Kameraden wegen der schweren, ungewohnten Arbeit empfanden, wurden während der folgenden Tage und Wochen nicht weniger, aber erträglicher, weil sie in stumpfer Ergebenheit, wie seelenlose Roboter eine Arbeit verrichteten, die ihnen inzwischen zur Routine geworden war.

Und obwohl die Schwere der Arbeit ihnen ihre ganze Kraft abforderte, hatte sich ihre Leistung durch einen, von dem alten Natschalnik listig angewandten Trick erheblich gesteigert.

Ihre männliche Ehre in Frage stellend, ließ er sie immer wieder wissen, daß die strafverschickten, russischen Frauen, die als zweite Schicht an der Maschine arbeiteten, mehr Torf förderten, als sie, die Plennjis es bisher vermochten.

Eine plumpe, von den Gefangenen schon bald durchschaute Praxis, die sie aber in ihrem Eifer nicht stoppte, weil ein teuflisches System von Arbeitsnormen ihnen bei der Übererfüllung derselben ein Mehr an Verpflegung versprach. – Ein für jeden Gefangenen erstrebtes Ziel, seinen ständig spürbaren Hunger zu mildern, aber vollkommen ungeeignet, ihre Arbeitskraft und ihre Gesundheit zu erhalten, weil die zusätzlichen hundert Gramm Brot und eine Kelle voller dünner Wassersuppe nicht ausreichten, den bei ihnen einsetzenden Kräfteabbau und den langsam beginnenden körperlichen Verfall aufzuhalten.

In der Mitte des Sommers glaubten Helge und seine Kameraden von der inzwischen zur Qual gewordenen Arbeit im Torf erlöst zu sein, als der alte Mann die Maschine ein letztes Mal zum Stehen brachte, das Torf stechen beendet war. – Erleichtert und von der Hoffnung erfüllt, niemals mehr die Befehle des sie immer wieder zu mehr Leistung antreibenden Natschalnik zu hören, strebte er zum Lager zurück. – Er ahnte nicht, daß er in naher Zukunft Tage und Wochen mit einer noch härteren Belastung erleben sollte.

Noch aber genoß Helge die Ruhe der folgenden Tage, in denen er nur leichte Aufgaben im Lager zu verrichten hatte. Bei seinen unterschiedlichsten, von ihm zu verrichtenden Arbeiten war er immer wieder zwei Berliner Feuerwehrleuten begegnet, die von den Russen nur festgesetzt worden waren, weil sie zum Kriegsende unglücklicher Weise noch ihre Uniformen trugen. Ein Fehlgriff, wie die Russen schon bald feststellten, was den beiden aber nicht viel nutzte, da sie schon in einem Zug saßen, der sie in die Weiten Rußlands, in ein Lager verbrachte, in dem sie, von Helge und seinen Kameraden wegen ihrer ordentlichen, sauberen Kleidung wie Exoten bestaunt, ganz überraschend aufgetaucht waren.

Aus den wenigen belanglosen, nur im Vorübergehen zwischen Helge und den Feuerwehrleuten zur Begrüßung gewechselten Worte, waren Sätze geworden, hatten sich Gespräche entwickelt. Ohne daß es Helge bemerkte, begannen die Beiden sich immer intensiver um ihn zu kümmern. – Und schon bald hatte sich, trotz des Altersunterschiedes, im Gegensatz zu den sich schon gebildeten Zweckgemeinschaften, eine der in Gefangenschaft seltenen Freundschaften entwickelt.

Ermuntert von ihnen, verbrachte Helge nun jede freie Minute bei einem der beiden Feuerwehrleute, die, sich immer wieder miteinander ablösend, Tag und Nacht in der Mitte des Lagers, mit einem weiten Blick über das Land und der Aufgabe betraut, nicht nur ein im Lager, sondern auch ein in der nahen, von ihrer Höhe aus gut sichtbaren Stadt ausbrechendes Feuer zu melden auf einem Holzgerüst aufhielten, das dem Hochsitz eines Jägers ähnelte.

Aufmerksam, aber mit einem seltsamen Gefühl des Unbeteiligtseins, lauschte Helge den Schilderungen von den letzten Kriegsstunden in der Stadt, deren Zerstörung er, noch in ihr weilend, in ihren Anfängen während der verheerenden Luftangriffe in ihrem ganzen Ausmaß erlebt hatte.

Die leichte Trauer, die er noch bei den eben gehörten Worten verspürt hatte, war schnell geschwunden. – Nur mit der Realität und seinem Überleben beschäftigt, war die Erinnerung an das Früher, sein Zuhause und seine Familie, weil für ihn unerreichbar, immer mehr verblaßt.

Und nun, als er auf dem hohen Gerüst neben einem der Feuerwehrleute hockte und auf den von Sternen übersäten Himmel starrend, still den Schilderungen von dessen Erlebnissen lauschte, er dessen von Sorge um das Wohlergehen seiner Kinder und seiner Frau erfüllte Worte vernahm, wurde ihm bewußt, daß er schon seit den ersten Tagen seiner Gefangenschaft immer seltener an sein Zuhause, seine Familie und an seinen Großvater, der ihm alles, was er besaß zu übereignen bereit war gedacht hatte.

Helge schämte sich dessen nicht, weil der ständige Kampf um das

Überleben Priorität hatte, jede Ablenkung durch nostalgisches, in die Vergangenheit, fern der Realität gerichtetes Denken schädlich war. Jeder seiner Sinne war nur damit beschäftigt nach einer Chance zur Verbesserung seiner Lage Ausschau zu halten und, wenn sie sich ihm bot, rücksichtslos zu nutzen.

Obwohl es ihm nicht bewußt war, hatte Helge mit seinem Entschluß, sich den beiden Feuerwehrmännern anzuschließen instinktiv eine richtige Entscheidung getroffen, die ihn das Leben während der kommenden, mit harter Arbeit erfüllter Wochen und Monate leichter ertragen ließ.

Schon bald aber waren die ruhigen Tage zu Ende, marschierte Helge, der im Stillen auf einen leichteren, weniger Kraft fordernden Arbeitseinsatz gehofft hatte, inmitten seiner Kameraden wieder an den hoch aufgestapelten Wurzeln und den quadratischen, mit Wasser gefüllten Löchern vorbei, in das ihm verhaßt gewordene Torf hinaus.

Sich fragend, ob er nun bei seiner Maschine oder woanders wohne, sah Helge sich unwillkürlich nach einer Hütte oder einer ähnlichen Behausung in der weiten Ebene um, als er plötzlich den alten, ihm vom Torf stechen bekannten Natschalnik erblickte, der schon voller Ungeduld auf sie zu warten schien und nun aufgeregt, dieses Mal auf eine Demonstration verzichtend, wie ein Choleriker mit heftigen Gesten und Worten, die kaum einer verstand, auf sie einredete, ihnen zu erklären versuchte, was er von ihnen erwartete.

Noch bevor Helge richtig begriffen was er tun sollte, war ihm eines der großen, noch vor wenigen Wochen mit dem von ihm gestochenen Torf bedeckten Felder zugewiesen. Und nun begann Helge, tief nach vorne auf den Boden geneigt, mit seinen Händen die quadratischen Platten in vier gleich große, ähnlich der Kohle aussehende Teile zu brechen und sie über Kreuz aufzustellen, damit sie in

der Sonne und dem über sie hinweg streichenden Wind schneller
trockneten.

Eine ungewohnte Arbeit, die ihm anfangs, wegen der Kühle des
frühen Tages wenig Mühe bereitete, ihm noch leicht von der Hand
ging. - Schon bald aber, mit den stetig zur Tagesmitte hin steigenden Temperaturen, zeigten sich bei Helge die ersten Zeichen von
Ermüdung. Um zu entspannen und seine verkrampften Glieder zu
lockern richtete er sich taumelnd, nur mühsam das Gleichgewicht
haltend immer öfter auf, wurden die Arbeitsphasen kürzer und die
von ihm eingelegten Pausen länger.

Den sie bewachenden Posten, der die gleiche Beobachtung bei den
anderen Plennijs gemacht hatte, schien das nicht zu stören. – Er
wanderte gelangweilt auf dem weiten Feld umher und sah mit einem
Blick voller Hohn und Verachtung auf die gebeugten Rücken der
sich wegen ihrer nachlassenden Kräften immer langsamer über das
Feld voran arbeitenden Plennijs hinab.

Obwohl die üblichen, von den Gefangenen zu leistenden Arbeits-
stunden längst vorüber waren, machte der Posten keine Anstalten
die Arbeit zu beenden und mit den ihm anvertrauten Männern in das
Lager zurückzukehren. Statt dessen trieb er, nach einer kurzen Absprache mit dem alten Natschalnik, die sich schon zum Abmarsch
formierenden Gefangenen mit heftigen Bewegungen seiner Arme
und laut ausgerufenem; „ Raboti, Raboti, idi paschli „ ;und der Forderung die begonnene Arbeit zu Ende zu führen auf das Feld zurück, wies die Einwände und den energisch vorgetragenen Protest
ihres Zugführers, des Oberfeldwebels mit wenigen harten Worten
und einer herrischen, ihn abweisenden Geste zurück.

Erfüllt von ohnmächtigem Zorn auf den Posten, der sie trotz der
vielen Stunden ohne Essen und Trinken nun für eine unbestimmt
lange Zeit zum weiterarbeiten zwang, fiel es Helge schwer dessen

willkürlich getroffene Anweisungen zu befolgen. Und doch beugte er sich, wie es auch seine anderen Leidensgenossen taten, der Erde zu und begann, noch verbliebene Kräfte mobilisierend den Rest des auf dem Feld liegenden Torfes zu brechen, weil er, gleich allen anderen die harten Strafen und den damit verbundenen Essensentzug bei einer Arbeitsverweigerung fürchtete.

Noch während Helge, weder nach links noch nach rechts blickend sich in gebückter Haltung und automatisch ausgeführten Bewegungen langsam seinem Ziel, dem Ende des Feldes näherte, kamen ihm, als er das schmutzige Braun des Torfes an seinen Händen und seiner Kleidung bemerkte, unwillkürlich die in die Erde gebauten Barakken des ersten, auf russischem Boden von ihm erlebten Lagers in den Sinn. – Und er hatte plötzlich den absurden Wunsch, weit fort von hier, weit fort von der im Torf zu leistenden Fronarbeit, wieder im dortigen, ihm einst wegen des Mangels an Beschäftigung verhaßten Lagers, in der Langeweile und dem ihm nun nicht mehr so schrecklichen, ihm nun erstrebenswertem Nichtstun zu sein.

Schon während der wenigen Augenblicke, die Helge am Ende des Feldes erschöpft, aber unendlich erleichtert seine Arbeit beendet zu haben lang ausgestreckt auf dem Boden lag, schwanden die Wünsche vom Nichtstun in einem anderen Lager aus seinen Gedanken, weil er ahnte, daß die nächsten Wochen in ähnlicher Folge ablaufen würden, wie der soeben erlebte Tag, als er sich, seine verkrampften Glieder streckend aufrichtete und seine Blicke über die weiten, noch nicht bearbeiteten Felder schweiften.

Mit unsicheren Schritten begab er sich zu der kleinen Schar von Kameraden, die wie er, ihre Arbeit beendet und sich nun, darauf hoffend ins Lager zurückkehren zu dürfen bei ihrem Zugführer, dem Oberfeldwebel versammelt hatte.

Nach einem prüfenden Blick auf die apathisch vor ihm am Boden

hockenden Männer näherte sich der Oberfeldwebel zögernd dem
jungen Posten, der die erschöpften, sich noch immer langsam über
das Feld voran bewegenden Männer mit zunehmender Ungeduld
voran trieb, weil ihm bewußt geworden eine falsche Entscheidung
getroffen zu haben, er sich selbst dazu verdammt hatte, bei den ihm
anvertrauten Gefangenen zu bleiben, bis auch der Schwächste von
ihnen sein ihm zugewiesenes Arbeitspensum erfüllt hatte. – Und
das konnte, wie er nach einer kurzen Umschau über die noch arbeitenden Männer feststellte, eine erhebliche Zeit dauern.

Vom Willen erfüllt, sich niemals mehr auf eine Absprache über eine längere Arbeitszeit der Gefangenen mit dem alten, wie ihm
schien doch mächtig schlitzohrigen Natschalnik einzulassen, wendete er sich dem Oberfeldwebel zu und erteilte diesem mit der
Maßgabe, sofort nach der Erfüllung seiner Mission wieder zu ihm
zurückzukehren die von diesem geforderte Erlaubnis, die ohne eine
Beschäftigung am Rand des Feldes Sitzenden in das Lager zu führen.

Noch bevor der Posten eine Gelegenheit fand sich wieder anders
zu entscheiden, war der Oberfeldwebel zu seinen Männern geeilt,
brachte sie mit wenigen anspornenden Worten auf die Beine und
trieb sie unerbittlich voran, verringerte das von ihm angeschlagene
Tempo erst, als er sicher war, daß ein ihnen nach gerufener, sie zur
Umkehr zwingender Befehl nicht mehr erreichen konnte.

Ihre Ankunft im Lager löste bei der gerade Dienst habenden
Wachmannschaft die höchste Alarmstufe aus, versetzte die russische Lagerleitung in Verwirrung, in der es plötzlich, wegen der
vielen unterschiedlichen, von jedem als einzig richtig gehaltene
Entscheidung herging wie in einem aufgeregten Ameisenhaufen, in
den ein Ameisenbär eingebrochen war, als man bemerkte, daß nicht
einmal die Hälfte der zur Arbeit ausgerückten Plennijs zurückge-

kehrt war.

Helge, der inmitten seiner Kameraden, wie von den aufge-
scheuchten Russen vergessen am Tor des Lagers stand, empfand
plötzlich etwas wie Schadenfreude, als er an die Unannehmlichkeiten dachte, die wegen dessen fataler Fehlentscheidung auf den jungen Posten zukamen.

Nicht wissend, daß es keine Massenflucht von Gefangenen gegeben, sondern einer ihrer Posten das entstandene Chaos verursacht
hatte, beendete der Lagerleiter die heftigen Debatten und schickte
einen Teil der Wachmannschaft ins Torf, um die vermeintlich ent-
flohenen Plennijs wieder einfangen zu lassen.

Die Hoffnung, die Helge eben noch verspürt, endlich ins Lager
entlassen zu werden, wurde brutal zerstört, als die Russen mit der
ihnen wohl liebsten Beschäftigung, dem Zählen der in einer Reihe
angetretenen Gefangenen begannen, daß sie, als zweifelten sie an
ihren eigenen Rechenkenntnissen unzählige Male wiederholten, die
Prozedur nicht wegen des Glaubens an der Richtigkeit des erzielten
Ergebnisses, sondern dem ständigen hin und her Laufen an den Plenijs vorbei überdrüssig geworden endlich beendeten.

Erlöst vom Zählappell und in die reglementierte, eingezäunte Freiheit entlassen, streifte Helge, nur mit der seit dem Beginn seiner
Gefangenschaft, ihn bis zu deren Ende beherrschenden Frage im
Kopf, wo er, seinen Durst und Hunger zu stillen noch etwas Trink-
und Eßbares auftreiben könnte durch das Lager.

Ohne einen Erfolg erzielt zu haben, bewegte er sich quer über den
weiten Lagerplatz an dem für die Berliner Feuerwehrleute errichteten Turm vorbei auf die Baracke zu, in der er sein Lager hatte und
blieb, obwohl es ihn , sich auszuruhen mit aller Macht zu seiner
Pritsche zog abrupt stehen, als von der Höhe des mitten im Lager
stehenden Holzturmes die verwunderte Frage von einem der beiden

Feuerwehrleute, warum er so lange vom Lager fort gewesen und die Aufforderung auf ihn zu warten vernahm.

Mit in langen Lehrgängen antrainierter Geschicklichkeit turnte Emil Böse, einer der beiden Feuerwehrleute, dessen Name so gar nicht zu seinem freundlichen, hilfsbereiten Wesen paßte, an den wackligen Sprossen auf den Boden herab, ergriff Helges Arm und forderte ihn auf mit ihm zu kommen. - Ermüdet von der langen Arbeit im Moor, von Hunger und Durst gequält folgte Helge widerstandslos.

Einen Sonderstatus unter den Gefangenen besitzend, hatten die Beiden sich, mit Billigung der russischen Lagerleitung in einem Nebenraum der auch von ihnen zu betreibenden, von Russen und Gefangenen gleichermaßen genutzten Sauna einen eigenen, vom übrigen Lager abgesonderten Wohnbereich geschaffen.

Obwohl Helge die ihm im Gegensatz zu seiner Unterkunft luxuriös erscheinende Ausstattung beeindruckte, galt seine ganze Aufmerksamkeit nur noch einem offenen, an einer der Holzwände hängenden Regal, auf dem er, sich umsehend, eine Anzahl dort abgelegter Brothälften, ein Glas mit Gurken und eines voller Zucker, den Lohn, der in der nahen Stadt von den beiden Feuerwehrleuten geleisteten Arbeit erblickte.

Das Hungergefühl, daß Helge schon den ganzen Tag verspürt hatte, wurde übermächtig. – Nur mit Mühe gelang es ihm sich zu zügeln, das Verlangen zum Regal zu stürmen, um etwas von dem hier vermeintlichen Überfluß an Nahrung für sich zu gewinnen, zu unterdrücken.

Eine unbewußt richtig getroffene Entscheidung. Plötzlich beherrschte Helge nur noch die Frage, warum Emil Böse, einer der beiden Feuerwehrleute, gerade ihn in seine, allen Anderen im Lager verschlossene Unterkunft geführt hatte?

Woher sollte er wissen, daß er, mit seinen achtzehn Jahren der Jüngste im Lager, in Emil Böse die Erinnerung an dessen gleichaltrigen Sohn geweckt hatte, als der ihn das erste Mal im Lager erblickte und sich spontan dazu entschloß, sich so gut er es vermochte um den Jungen zu kümmern.

Emil Böse, der Helges verlangende, auf die Brote gerichtete Blicke sofort bemerkt hatte, forderte diesen auf sich auf eine der beiden im Raum stehenden Pritschen zu setzen, trat an das Regal heran, ergriff eine der dort abgelegten Brothälften, fischte eine Gurke aus dem Glas und reichte Beides Helge mit den wie gleichgültig klingenden, seine wahren Gefühle verbergenden Worte:

„ Iß das! – Du wirst sicher Hunger haben!"

Einen kleinen Moment starrte Helge ungläubig auf die Dinge in seinen Händen. Doch schon bald wurde ihm bewußt, daß das, was er sah Seins war. Und er begann, sich der in seinen Augen sichtbaren und seinen Handlungen erkennbaren Gier nicht bewußt, das Brot und die Gurke in sich hinein zu schlingen.

Mit der Hoffnung, daß auch seinem Sohn in der Heimat von einem mitleidigen Menschen in ähnlicher Form geholfen würde, sah Emil Böse mit einem stillen, wehmütigem Lächeln Helge beim Essen zu. Der wurde sich erst dessen, ihn unverwandt ansehenden Blicke bewußt, als er, eben noch auf seine primitivsten Bedürfnisse fixiert, den letzten Rest der ihm gereichten Nahrung verzehrt hatte, er die Umwelt wieder wahrnahm.

Plötzlich sich seiner unverhohlen gezeigten Gier schämend, stand Helge auf, stammelte mit gesenktem Kopf einige verlegene, unbeholfene Dankesworte und bat leise, kaum hörbar sich in seine Baracke, sich auf sein Lager zurückziehen zu dürfen, weil er müde und erschöpft war.

Helges unbeholfene Worte ignorierend, legte Emil Böse einen Arm um dessen Schultern und versicherte ihm, während er ihn hinaus geleitete, daß er zu jeder Zeit wieder zu ihm kommen könne.

Und obwohl Helge sich vornahm die Behausung der beiden Feuerwehrleute so bald nicht wieder zu betreten, war ihm doch klar, daß er der Verlockung auf ein zusätzliches Stück Brot und einer kleinen Schüssel voller dünner Wassersuppe nicht lange widerstehen könnte, er bald wieder zu ihnen gehen würde.

Emil Böse, der nichts anderes erwartet hatte, war sichtlich erleichtert, als Helge schon bald, ausgehungert wie am ersten Tag zu ihm kam, wieder das ihm gereichte Essen in sich hinein schlang und nun, den Vorteil für sich erkennend, der Aufforderung des Feuerwehrmannes folgend, nun beinahe täglich eine Kleinigkeit von diesem zugesteckt bekam.

Eine wohl gutgemeinte, aber neben der ungenügenden, aus nur vierhundert Gramm trockenem Brot und einer dünnen, oft aus nicht zu definierenden Produkten bestehenden Suppe zu geringe Zuwendung, die Helges Kräfteverfall während der folgenden Wochen im Moor etwas länger als bei seinen Kameraden hinauszögerte, ihn aber letztendlich nicht verhinderte. Wie auch sie, magerte Helge immer mehr ab, hatte kaum noch die Kraft, das Lager zu verlassen.

Wie aus dem Nichts heraus verbreitete sich eines Tages mit der Geschwindigkeit eines Lauffeuers das Gerücht, daß es eine medizinische Untersuchung im Lager geben sollte. – Keiner im Lager wußte zu sagen wann das sein würde, doch an einem Tag vollkommener Arbeitsruhe fand sie, die Gefangenen überraschend statt.

Und nun erlebte Helge einen Mann aufs tiefste demütigende Behandlung, die er, wegen der empfundenen Erniedrigung immer wieder von Zorn erfüllt, während der folgenden Jahre noch unzählige Male über sich ergehen lassen mußte.

Zum Ablegen seiner Kleidung gezwungen, bewegte Helge sich in

der langen Reihe seiner ebenfalls nackten Kameraden auf die aus
fünf russischen Ärztinnen bestehende Kommission zu, die durch
Augenschein und mit ihren Händen Oberarme, Bauch, Gesäß und
Oberschenkel betastend, an Hand größerer oder geringerer Er-
schlaffung von Muskeln und Haut den Grat der Arbeitsfähigkeit eines jeden Gefangenen bestimmte und das von ihnen als richtig
empfundenen Ergebnis in eine Liste hinter den Namen eines jeden
von ihnen begutachteten Mannes eintrug.

Eine von den Ärztinnen angewandte Praxis, die, da sie ihnen während der Zeit ihrer Untersuchung einen freien Blick auf die Genitalien von jedem der vor ihnen stehenden Männer gewährte, schon
bald nur noch verächtlich im Gefangenenjargon Schwanzparade genannt wurde.

Verschämt, sich seiner Blöße bewußt, ließ Helge, von den ab-
schätzenden Blicken der Frauen gemustert, die gleiche Prozedur,
wie sie auch den anderen widerfahren in stoischem Gleichmut über
sich ergehen. Glaubte, als sie von ihm abließen, weitergehen zu
dürfen, wendete sich aber sofort wieder den Frauen zu, als er die
von der älteren, die Untersuchung leitenden Ärztin in nur schwer
verständlichem Deutsch gestellte Frage vernahm:

„ Wie alt bist Du?"

Von der Frage überrascht antwortete Helge überhastet:

„ Achtzehn."

„ Was achtzehn ", fragte sie ungeduldig?

Helge sah sie nicht verstehend an, sagte aber, sich wiederholend
instinktiv das Richtige:

„ Achtzehn Jahre."

Und plötzlich war ihm, als hätte der Blick, mit dem sie ihn während der ganzen Zeit gemustert an Härte verloren, wäre weicher
geworden. – Mit einer energischen Handbewegung stoppte sie die

leise zwischen ihren Kolleginnen geführte, sich über Helges Zustand beratenden Gespräche und sagte mit lauter, keinen Widerspruch duldender Stimme:
„ Dystrophie!"
Die Gespräche der Frauen verstummten. Sie sahen ihre Chefin
wegen ihrer alleine getroffenen Entscheidung verwundert an, nick-
ten dann aber zustimmend mit dem Kopf, als sie die mitleidigen
Blicke bemerkten, mit denen sie den bis auf die Knochen abgema-
gerten, jungen Mann musterte, der alle Schrecken des Krieges
durchlebt hatte, die ihrem Sohn, Gott sei es gedankt, erspart geblieben waren. Hatte unbewußt mit dem Dank an Gott in ihrem Kopf
eine Größe akzeptiert, die in ihrem ideologisch geschultem Denken
keinen Raum hätte mehr einnehmen dürfen und sie glaubte, ganz
aus einem ihr fremd gewordenen Gefühl heraus dem vor ihr stehenden, zu früh zum Mann gemachten Kind eine Chance zum Überleben schuldig zu sein.
Helge, der noch niemals das Wort Dystrophie gehört hatte, ahnte
nicht, daß die von der Ärztin ausgesprochene Einstufung ihn während der Zeit bis zu einer neuerlichen Kommission von jeglicher
Arbeit befreite, ihm Gelegenheit bot sich zu erholen, wieder zu
Kräften zu kommen.
Zu keiner Arbeit gezwungen, verbrachte Helge nun die meisten
seiner, in eintöniger Gleichheit verlaufenden Tage bei einem der
beiden Feuerwehrleute auf deren hölzernen Aussichtsturm.
Von den letzten, wärmenden Strahlen der schon tief stehenden,
einen nahen Winter ankündigenden Sonne in einen träumerischen
Zustand versetzt, lauschte er, still in eine Ecke des Turmes gekauert
den ständig, wie von Gebetsmühlen wiederholten Schilderungen der
beiden Feuerwehrleute von den letzten Kriegstagen, ihren letzten
Einsätzen im weitgehend zerstörten Berlin und die, ihre Lage nicht

ändernden wortreichen, lauten Proteste gegen die, nur wegen ihrer Uniformen nicht gerechtfertigte Deportation nach Rußland, obwohl sie keine Kriegshandlungen begangen, nur Kinder, Frauen und alte Männer aus dem Keller eines von den Russen in Brand geschossenen Hauses hatten retten wollen.

Und plötzlich stellte Helge beschämt fest, als die Beiden voller Sehnsucht und verhaltenem Schmerz von ihren Familien zu sprechen begannen, daß er, seitdem er in Gefangenschaft geraten, zwischen all' den fremden, um ihre Existenz kämpfenden Männer nur mit dem Erhalt seines eigenen Lebens beschäftigt, kaum noch an seine Eltern und seine Brüder gedacht, die Erinnerung an die glücklichen Tage auf dem Hof seiner Großeltern von der gegenwärtigen, brutalen Realität verdrängt, immer mehr verblaßt war.

Den immer gleichen Geschichten überdrüssig, stieg er immer seltener zu den Feuerwehrleuten auf den Turm und begann, zumal er sich wieder kräftig genug fühlte, im Lager überall dort, wo seine Hilfe willkommen war kleine Arbeiten zu verrichten.

Gleichzeitig mit dem schon während der ersten Novembertage, für sie alle überraschend früh fallenden Schnee, fand die zweite, von den selben Ärztinnen durchgeführte Untersuchung statt, an deren Ende Helge, vergeblich auf eine freundliche Geste der älteren der Ärztinnen hoffend, der perwoij Gruppa, der Gruppe von Männern zugeteilt war, die die schweren Arbeiten zu verrichten hatten.

Schon wenige Tage später erlebte Helge, zu einem Arbeitseinsatz in der nahen Stadt bestimmt am eigenen Leib als Premiere die Härte des Ersten von drei anderen, in Rußland noch zu bestehenden, Moral und Kraft raubenden Winter.

Helge war die Grausamkeit dieser Winter, deren eisige Winde durch die Kleidung bis auf die Haut drang und diese, wie von tausenden Nadeln zerstochen brennen ließ, niemals bewußt geworden, als er noch in der Heimat in einem beheizten Kino sitzend, die in den Wochenschauen gezeigten, sich wie unbeeindruckt von einem sie umtosenden Schneesturm heroisch auf den Feind zu stürmenden deutschen Soldaten bewunderte. - Von Helges einstiger Bewunderung war, nun mit der Wirklichkeit konfrontiert, nichts mehr geblieben.

Obwohl ihre Wehrmachtsuniform nur ungenügenden Schutz gegen die ständig sinkenden Temperaturen bot, marschierte Helge, von den Russen gezwungen, während der nächsten Tage inmitten einer Schar, wie er von Kälte geplagter Leidensgenossen in die Stadt, um mit Schippen und einfachen Holzschiebern den gefallenen, den Zugverkehr hindernden Schnee von Bahnhof und Gleisen zu räumen. – Eine Arbeit, die ihnen nur während weniger, kurzer Pausen die Gelegenheit bot, sich in einem ungeheizten Raum vor dem eisigen Wind, nicht aber vor der Kälte zu schützen.

Nur das Wissen, daß er am Ende des Tages in der von den Feuerwehrleuten für die Russen in Betrieb gehaltenen Sauna seine steif gefrorenen Glieder wieder aufwärmen konnte, gab ihm die Kraft die Strapazen zu bestehen.

Gerade noch rechtzeitig, als hätte der russische Lagerkommandant erkannt, daß er mit seiner Verfahrensweise, die durch schwerste Erfrierungen dramatisch geringer gewordene Zahl von noch arbeitsfähigen, nur ungenügend geschützte Gefangene in die Kälte zu schicken, seine eigene Position gefährdete, er die von der die Lager überwachenden Politabteilung geforderten Normen so nicht mehr zu erfüllen vermochte, stellte er die Arbeit ein.

Es war, als klänge durch das Lager ein erleichtertes Seufzen, als bekannt wurde, daß die Einsätze im Schnee gestoppt waren.

Schon bald aber wurde Helge und auch den anderen Lagerinsassen bewußt, daß die Russen sie niemals einen ganzen Winter lang zu ernähren gedachten, ohne auch weiterhin eine von ihnen diktierte Arbeitsleistung von ihren Plennijs zu fordern.

Helges heimliche Befürchtungen, schon bald wieder zur Arbeit in den ihm verhaßt gewordenen Schnee hinausziehen zu müssen, erfüllte sich schneller, als er geglaubt.

Nach nur einem, ihnen zugestandenem Tag der Ruhe rollten drei hoch mit Mänteln, Mützen und Handschuhen aus Fell, dicken Watteanzügen und Filzstiefeln in allen Größen beladene Lastwagen in das Lager.

In ganz kurzer Zeit war eine Gruppe von Gefangenen zum Entladen der Fahrzeuge zusammengeholt, verwandelte sich der neben den Unterkünften der Wachmannschaft und der Küche gelegene Speiseraum in ein großes Warenhaus für winterliche Bekleidung.

Helge wußte nicht zu sagen, ob ihn das Schicksal oder der Zufall wieder einmal in die richtige Position gebracht hatte, er sich, weil arbeitsfähig dazu privilegiert, als einer der Ersten aus der Menge der auf den Tischen ausgebreiteten Winterbekleidung die besten, ihm passenden Stücke aussuchen konnte.

Die ihm übereignete Kleidung versetzte Helge in den Glauben, die kommenden kalten Monate nun leicht zu bestehen. Er ahnte nicht, daß sie zwar für den gerade beginnenden Winter einen hervorragenden Schutz bot, nicht aber vermochte ihn vollständig gegen dessen ganze Härte, die er schon bald erfahren sollte zu schützen.

Weil die Lager sich durch die von den deutschen Gefangenen erbrachte Arbeitsleistung weitgehend selbst zu finanzieren hatten, befand Helge sich schon am nächsten Tag inmitten einer wegen Krankheit und einiger mysteriöser Todesfälle stark reduzierter Schar noch arbeitsfähiger Kameraden auf dem Weg in die Stadt.

Seine heimliche Sorge, wieder stundenlang in stupider Gleichförmigkeit mit primitivsten Mitteln Weichen und nicht enden wollende Gleise von frisch gefallenem Schnee zu befreien war unbegründet.

Woher sollte er auch wissen, daß die auf ihn zukommende Arbeit um einige Grade schlimmer sein würde. Eine Erfahrung, die ihn, ohne daß er es bemerkte härter und entschlossener machte zu bestehen.

Ihr Weg durch den tiefen, noch von keinem anderen Menschen gegangenen Weg endete auf dem am Rand der Stadt gelegenen Güterbahnhof neben einem großen hölzernen Schuppen.

Es dauerte einige Zeit bis der, das große Tor am öffnen hindernde, vom Wind aufgehäufte Schnee beiseite geräumt und die schmalen Schienen einer in den Schuppen hinein führenden Feldbahn sichtbar wurden. – Schienen, als erste Vorboten einer Arbeit, die ihnen in Schnee und einem die Kälte noch spürbarer machenden, ständig über die weite Ebene wehenden, eisigen Wind das Letzte an Durchhaltekraft abverlangen sollten, schon wenige Meter weiter ins flache Land hinaus führend unter Schnee verschwanden, von Helge und seinen Kameraden schon bald auf das heftigste verflucht waren.

Während die kleinere der in zwei Gruppen aufgeteilte Schar von Männern, zu der auch Helge gehörte, im Inneren des Schuppens die in ihm gestapelten Schienenelemente auf die dort bereitstehenden Loren der Schmalspurbahn lud, begann die größere Gruppe die bis an den Rand des Kilometer weit entfernt liegenden Moores verlegten Gleise vom Schnee zu befreien.

Ihre beinahe naive Hoffnung endlich von dem sie vorantreibenden bistro dawei erlöst zu sein, als sie nach stundenlanger Arbeit den Rand des Moores und das Ende der Schienen erreichten, war reines Wunschdenken, entpuppte sich als Fata Morgana. – Den sie erneut vorantreibenden Weisungen des ihnen schon vom Torfstechen her bekannten Narschalniks folgend, gruben sie nun einen ausreichend breiten und tiefen Graben in den Schnee, dessen Boden die ebene, froststarrende Oberfläche des Moores nun die Voraussetzung schuf Schienen im sonst zu weichen Moor zu verlegen, die Möglichkeit eröffnete, das im Sommer gestochene Torf mit der Feldbahn zu ernten, es zum Güterbahnhof der Stadt und von dort aus in andere Orte im Land zu befördern.

Nach Tagen harter Arbeit waren die Schienen verlegt, waren die von der Stadt entferntest gelegenen, wie zu großen Häusern aufgeschichteten Torfhaufen erreicht, begann unverzüglich deren Abtransport und, nachdem das Torf verladen, der Abbau der nun nicht mehr benötigten Feldbahnschienen.

Über die kommenden Wochen hinaus vollzog sich nun, schon beinahe wie eine sakrale Handlung zelebriert, ein immer gleichbleibender, sich ständig wiederholender Arbeitsablauf.

War Schnee gefallen, marschierten Helge und seine Kameraden nicht sofort ins Torf, sondern begannen ihre Tag- oder auch Nachtschichten beim Schuppen bei der Stadt und bewegten sich von dort, die Schienen der Feldbahn vom Schnee befreiend zu ihrem eigentlichen Arbeitsplatz hinaus.

Dort angekommen befolgten sie als Erstes den in stereotyper Gleichförmigkeit erteilten Befehl ihres sie bewachenden Postens, einen der am nächsten ihrer Arbeitsstelle aufgestapelten Haufen von aus dem Torf gegrabener Wurzeln zu entzünden, ein großes Feuer zu entfachen, von dem er sich, auf einer Wurzel hockend, während der langen Stunden ihrer zu verrichtenden Arbeit nicht einen einzigen Augenblick zu entfernen pflegte.

Einer Weisung, der Helge und seine Kameraden, noch bevor sie ihre eigentliche Arbeit begannen mit großem Eifer folgten, weil auch sie, vom Posten toleriert, immer wieder für kurze Zeit Gelegenheit fanden ihre vom eisigen, über die weite Ebene wehenden

Wind durchgefrorenen, erstarrten Glieder am hoch auflodernden
Feuer zu wärmen.

Von dem alten Natschalnik, dem die Kälte und der ständig über
die Ebene wehende, eisige Wind nichts anzuhaben schienen, mit
seinem ständigen „dawai Rabotti, Rabotti dawai„ zur Arbeit getrieben, hatte Helge sich eine Kraft sparende Verhaltensweise angewöhnt, die er nun auch während der kommenden Jahre seiner Gefangenschaft zu praktizieren pflegte.

Sobald eine der sie ständig überwachenden Aufsichtspersonen,
oder einer der eigentlich an ihrer Arbeit desinteressierter Posten
auftauchte beschleunigte Helge seine Schritte und seine Bewegungen, um sofort wieder in einen gemächlichen Trott zu fallen, sobald
sie hinter den zu beladenden Loren, oder in einer vom Wind aufge-
wirbelten Wolke trockenen Schnees verschwanden.

Mit der gleichen mühseligen Langsamkeit, mit der sie am Beginn
des Winters die Schienen bis zu den entferntesten, wie kleine, aus
Torf errichtete Häuser aussehenden Haufen im gefrorenen, ver-
schneiten Moor verlegt hatten, vollzog sich auch der Rückzug aus
dem Moor.

Vom Natschalnik bis zur Erschöpfung voran getrieben, bemühten
Helge und seine Kameraden sich mit all' ihrer Kraft, die zum Abtransport des Torfes und der gleichzeitigen Demontage der Schienen
viel zu hoch angesetzten Arbeitsnormen zu schaffen.

Ein Unterfangen, daß sie schon bald wegen seiner Unerfüllbarkeit
aufgaben, nun in Kraft sparendem Tempo, wie seelenlose Roboter
mit monotonen, gleichförmigen Bewegungen weiter arbeiteten, die
letzten Schienen am Rand des Moores erst bargen, als der Winter
zu Ende ging, die ständig höher steigende, an Kraft gewinnende
Sonne Schnee und Eis zu schmelzen, das Moor aufzuweichen begann.

Beim letzten der an der Innenwand des Schuppens aufgestapelten Schienenelemente wurde Helge plötzlich bewußt, daß die Arbeit im Torf zu Ende war. – Voller Erleichterung vernahm er den dumpfen Ton, mit dem das große Tor des Schuppens sich schloß, die in ihn verbrachten, ihm verhaßt gewordenen Gerätschaften seinen Blicken entzog und er hoffte im Stillen, sie niemals mehr wieder sehen zu müssen.

Sein während des Rückweges ins Lager stärker gewordenes Gefühl der Freude, den ersten Winter, unterstützt von den beiden Feuerwehrleuten unbeschadet überstanden zu haben, fand ein jähes Ende, als er, nachdem er das Lagertor durchschritten, keinen der beiden Feuerwehrleute auf dem hölzernen Turm erblickte.

Nichts Böses ahnend eilte Helge auf deren Unterkunft neben der Sauna zu, riß die Tür auf und starrte voller Unglauben in einen vollkommen leeren Raum, in dem nichts mehr daran erinnerte, daß in ihm einmal Menschen gelebt hatten. – Obwohl er sich mit aller Kraft dagegen wehrte, überkam ihn ein Gefühl von Angst, als seine Blicke über die kahlen Wände schweiften, an denen er noch wenige Tage zuvor, ihm das Leben leichter machende, mit Brot, Zucker und anderen Eßwaren gefüllte Regale gesehen hatte.

Verwirrt, aber mit Hoffnung erfüllt wenigstens Einen von ihnen bei einer ihnen zugeteilten Arbeit zu finden, betrat Helge die Sauna und blieb, als wäre er gegen eine unsichtbare Wand aus kalter Luft geprallt abrupt stehen, erkannte sofort, daß die Sauna schon lange, vielleicht den ganzen Tag nicht mehr beheizt worden war und fragte sich besorgt, welche außergewöhnlichen Umstände dazu geführt hatten.

Angestrengt überlegend bei wem und wo er etwas über den Verbleib der beiden Feuerwehrleute erfahren könnte, fiel ihm der Friseur, der im Lager am besten informierte Mann ein, der, da er mit

jedem der Lagerinsassen und auch zu den sie bewachenden Russen
ständigen Kontakt hatte, immer wieder Neues hörte, über die Vor-
gänge und Veränderungen im Lager oft früher und besser Bescheid
wußte, als die deutsche Lagerleitung.

Ihn zu befragen hastete Helge den leicht ansteigenden Hang hin-
auf, auf den in der Krankenbaracke für den Friseur eingerichteten
Raum zu und stürmte, unfähig sich zu beherrschen, mit einem
Schwall von über seine Lippen sprudelnden Fragen in diesen hinein.

Seine Arbeit kurz unterbrechend, wendete der Friseur den Kopf,
machte eine unwillige, in den Raum weisende Handbewegung und
forderte Helge verärgert auf sich irgendwo hinzusetzen und den
Mund zu halten, bis er mit seiner Arbeit fertig sei.

Helge nicht mehr beachtend, widmete er sich wieder seinem Kunden, der dem Disput lauschend mit leicht gesenktem Kopf reglos
auf einem einfachen Schemel vor einem an der Wand angebrachten,
vergilbten Spiegel hockend, auf das Ende seiner Behandlung wartete.

Obwohl es ihm schwerfiel seine Ungeduld zu beherrschen, verhielt
Helge sich, den Friseur nicht noch mehr zu verärgern still. – Sobald
aber der eben Frisierte den Raum verlassen hatte, sprang Helge auf
und überschüttete den Friseur mit unzähligen Fragen nach dem Verbleib der Feuerwehrleute.

Der ließ sich durch Helges erneuten, ungeduldigen Ausbruch in
seiner Beschäftigung nicht stören. Erst nachdem er seine Geräte und
den Fußboden gesäubert hatte, sagte er, als handelte es sich um die
gewöhnlichste Sache der Welt in gemütlichem Plauderton, daß die
Beiden am frühen Vormittag, gemeinsam mit einigen, im Lager nicht
zu behandelnden Schwerkranken mit einem Armeelastwagen in das
Hauptlager nach Kalinin gebracht worden waren, wußte aber nicht
zu sagen, was dort mit ihnen geschehen würde.

Helge war es, als fühle er wieder den gleichen Schmerz, den er vor über einem Jahr beim Anblick der sich im Dampf der Lokomotive wie in Nichts auflösenden Großeltern empfunden hatte.

Er wußte nicht, was es nun noch zu fragen gab. - Wortlos verließ er den Raum und sah, einer zur Normalität gewordenen Regung folgend, zur Spitze des Turmes hinauf, wendete sich aber sofort wieder von ihm ab, als er niemand auf ihm entdeckte, betrat das Holzhaus in dem er seine Schlafstelle hatte.

Voller Verbitterung ließ er sich auf ihr nieder, als ihm plötzlich bewußt wurde, daß in der Gefangenschaft geschlossene Freundschaften, von ihren Bewachern immer wieder willkürlich getrennt, nicht von langer Dauer sein konnten.

Auf dem Rücken liegend starrte Helge auf die ungehobelten Bretter der Pritsche über sich und beschloß, erfüllt mit leisem Groll auf die Russen, in der Gefangenschaft keine engen Bindungen mehr einzugehen, bedachte dabei nicht, daß er sich mit diesem Entschluß in eine Isolation und innere Einsamkeit begab, aus der er sich, während der folgenden Jahre zur Gewohnheit geworden, in seinem künftigen Leben nicht mehr ganz zu lösen, er, obwohl ständig um ein harmonisches Zusammenleben mit anderen Menschen bemüht, keine wirklichen Freundschaften mehr aufzubauen vermochte.

Die Helge, gegenüber der schweren Arbeit im Torf wie Spaziergänge anmutenden Arbeitskommandos während der folgenden Tage, dämpften seine Betroffenheit, ließen ihn schon bei einem der Nächsten Einsätze die Feuerwehrleute vollständig vergessen.

Um die in das, in die Erde gegrabene Vorratslager verbrachten Nahrungsmittel auch im kommenden Sommer vor dem Verderben zu schützen, mußte verbrauchtes Eis durch Neues ersetzt werden. Und so befand Helge sich wenige Tage später inmitten seiner Kameraden auf dem letzten, von der Sonne noch nicht geschmolzenen Schnee einige Schlitten hinter sich herziehend, auf dem Weg zu einem in der Nähe gelegenen See und rodelten die letzten Meter, für wenige Augenblicke ihre Unfreiheit vergessend, wie übermütige, von Lebenslust erfüllte junge Leute den steilen Hang hinab auf dessen Ufer zu und glitten, nicht ahnend, was sie dort erwartete auf das Eis des Sees hinaus.

Kaum waren die Schlitten nicht weit vom Ufer entfernt zum Stehen gekommen, forderte die Posten sie auf einige lange, mit eisernen Haken versehene Stangen, zwei nur mit einem Griff ausgerüstete Schrotsägen und einen Eisbohrer, wie er auch von den russischen Angler benutzt wurde, von den Schlitten zu laden. - Schon bald wurde Helge klar, wofür die solange von ihm als unnütz angesehenen Geräte dienen sollten.

Einer der sie begleitenden Posten drückte einem der Männer den Bohrer in die Hand, zeigte auf vier, ein Quadrat bildende Stellen und forderte ihn, mit der Hand kreisende Bewegungen machend auf, dort Löcher in das Eis zu bohren.

Es dauerte einige Zeit bis der, von den anderen voller Spannung beobachtet, die etwa dreizig Zentimeter dicke Eisdecke durchdrungen hatte, die vier Löcher gebohrt waren. Kaum fertig, führten zwei andere Gefangene die Sägen in die Öffnungen ein und begannen, das Eis zwischen den Löchern durchtrennend, einen Block aus der Eisdecke zu sägen.

Nun begann für Helge und drei andere seiner dazu eingeteilter Kameraden der schwerste, ihm im Moment noch harmlos erscheinende und doch immer risikoreicher werdende Teil der Arbeit.

Nach mehrmaligen vergeblichen Versuchen war es ihnen mit Hilfe der mit Haken versehenen Stangen endlich gelungen, den gelösten Block auf die Eisdecke zu heben, zogen ihn mit vereinten Kräften zu einem der Schlitten und kehrten an das Loch zurück.

Durch die in immer schnellerer Folge aus dem Wasser gezogenen Eisblöcke, hatte die Gefahr auf dem, von der sich ausbreitenden Nässe immer glatter gewordenem Eis auszurutschen und in das eisige Wasser des ständig größer werdenden Loches zu stürzen erheblich zugenommen.

Helge, der die Gefahr erkannt, verlangsamte deshalb noch viele Meter vom Loch entfernt seine Schritte und stellte schon wenige Augenblicke später entsetzt fest, daß er sich instinktiv richtig verhalten hatte.

Von den Posten zur Eile getrieben, hasteten die anderen Männer an ihm vorbei, versuchten erst unmittelbar am Loch anzuhalten und bemerkten erschrocken, daß sie die Glätte unterschätzt, ins Rutschen gekommen, nicht mehr rechtzeitig zum Stehen kommen würden, sie, wenn sie großes Glück hatten am Loch vorbei gleiten, einige von ihnen vielleicht doch ins kalte Wasser stürzen würden.

Während alle Männer, es war fast ein Wunder, auf dem festen Eis zu bleiben vermochten, rutschte einer von ihnen ohne den zu erwartenden Versuch seine Geschwindigkeit zu verringern und sich zu retten, hoch aufgerichtet auf die Öffnung im Eis zu, schoß über dessen Rand hinaus und tauchte, Helge kam unwillkürlich der makabre Gedanke, daß ein Turmspringer höchste Haltungsnoten dafür bekommen hätte, mit nur wenigen Spritzern in das Wasser ein und versank, ohne seine Haltung zu ändern, in den dunklen Tiefen des Sees.

Einen kurzen, aber doch zu langen Moment starrten Helge, die Männer und die russischen Posten wie versteinert auf die aus der Tiefe aufsteigenden Luftblasen und die sich von des Mannes Eintauchstelle kreisförmig ausbreitenden Wellen, wurden erst aktiv, als der von irgendwoher erklingende Ruf, mit den Stangen nach dem ins Wasser Gestürzten zu suchen, an ihr Ohr drang.

Obwohl auch er den Ruf gehört, verharrte Helge auf seinem Platz und starrte wie gebannt auf das Loch im Eis, bemerkte merkwürdig erleichtert, daß jemand ihm die mit Haken versehene Stange aus der Hand nahm und, wie einige andere Männer auch, wie wild im dunklen Wasser herum stochernd nach dem darin Versunkene zu suchen, stellten ihre Bemühungen aber schon nach kurzer Zeit ein, als sie die Sinnlosigkeit ihres Tuns erkannten.

Helge hatte plötzlich den Verdacht, daß der Ertrunkene keinem Unfall zum Opfer gefallen, sondern mit dem Wissen, daß ihn die sich blitzschnell mit Wasser getränkte Watte- und Fellkleidung in die Tiefe ziehen, ihm einen schnellen Tod bringen, er, dem Zwang und der Willkür der Russen zu entfliehen, freiwillig aus dem Leben geschieden war.

Obwohl Helge unmittelbar am Geschehen beteiligt, berührte ihn das Schicksal des Mannes kaum. Er fragte sich unwillkürlich, ob der von ihm gezahlte Preis, im Tod, in ewiger Finsterniß und Stille endlich Frieden zu finden, nicht zu hoch war.

Mißbilligend über eine ihm unsinnig erscheinende Tat den Kopf schüttelnd, wendete Helge sich ab, folgte seinen Kameraden und half ihnen beim Aufladen der letzten Eisblöcke, konzentrierte sich ganz darauf nichts von der Ladung zu verlieren. Und während er gemeinsam mit seinen Kameraden die schweren Schlitten den Uferhang hinauf zogen, war das soeben Erlebte schon beinahe verblaßt.

Angestrengt dachte er darüber nach, welche Möglichkeiten es gab, sich solchen riskanten Arbeitseinsätzen zu entziehen, kam aber, trotz abenteuerlichster Überlegungen, zu keinem brauchbaren Ergebnis. – Er ahnte nicht, daß sich das Problem ohne sein Zutun von selbst löste.

Plötzlich, wie sich für jeden Gefangenen die Situation jederzeit überraschend zu ändern vermochte, fand die Episode Torflager für

Helge ein jähes Ende.

Schon wenige Tage später fuhr Helge im Kreis einiger Kameraden auf der Ladefläche eines über eine ausgefahrene Landstraße rumpelnden russischen Lastwagens hockend, auf ein anderes Lager zu. An das Ziel der Fahrt verschwendete er keinen einzigen Gedanken, weil ihm für solche Überlegungen gar keine Zeit blieb, er war viel zu sehr damit beschäftigt, die harten Stöße des durch die Schlaglöcher rumpelnden Wagens auf seinen Körper einwirkenden Schläge zu mildern.

Krasnomeij, März 1946

Auch in diesem, ihm fremden Lager war nichts anders, als Helge es auch in den Vorangegangenen erlebt hatte. – Er erlebte wieder den obligatorischen, einige Male wiederholten Zählappell, den Eintrag seiner persönlichen Daten in eine Liste, die Zuweisung einer Schlafstelle in einem der großen Holzhäuser und die Eingliederung in eine Gruppe ihm wildfremder Menschen, erlebte wieder deren mit wenig Interesse gestellte Fragen nach seinem bisher Erlebten, erlebte in ihren inhaltslosen Worten ihre hilflose Sprachlosigkeit.

Er hörte nicht mehr auf die Worte der wenigen, der noch zu ihm Sprechenden. Er streckte sich auf seinem kargen Lager aus und schlief, erschöpft von der langen Fahrt, trotz eines ihn plagenden Durst und Hungergefühls sofort ein.

Es begann gerade zu dämmern, als Helge erwachte. – Jeden Laut vermeidend, kleidete er sich an und schlich, um keinen der andren Schläfer zu wecken durch die Reihen der Doppelbetten ins Freie hinaus und sah sich, das Lager zu erforschen in der Runde um. Obwohl sich der, das Areal eingrenzende Stacheldrahtzaun, die Wachtürme und wenigen Holzhäuser in nichts von denen in anderen Lagern unterschieden, kam ihm, wegen der lockeren, unsymmetrischen Ausrichtung der Häuser alles freundlicher und friedlicher vor, schuf in ihm den Glauben, daß das Leben hier sicher leichter sein würde. – Helges stille Hoffnung erfüllte sich nicht.

Noch am selben Tag bekam er eine, ihn für die Zukunft prägende Lektion, daß sich hinter einem friedlichen, harmonischem Bild oft eine andere, brutale Wirklichkeit verbarg.

Noch immer mit der Hoffnung auf eine leichte Arbeit erfüllt, wurde Helge schlagartig klar, daß es diese nur für die mit der Verwaltung und Versorgung des Lagers Beauftragten gab, nicht aber für die Masse der anderen Gefangenen, als er einer Gruppe von Männern zugeteilt wurde, deren Aufgabe es war Baumstämme von gleicher Länge und Dicke für die Errichtung von neuen Holzhäusern außerhalb des Lagers, einer Polizeischule wie er schon bald erfuhr, von den ständig anrollenden Lastwagen zu laden. – Eine Arbeit, die nicht nur äußerst anstrengend und schwer, sondern viel gefährlicher war, als es den Anschein hatte.

Nach langen, in eintöniger Gleichheit abgelaufener Tage, verringerte sich der Strom der Lastwagen, verebbte schließlich ganz.

Helge wagte nicht zu glauben, daß damit das Schwerste überstanden war. – Und er tat gut daran. – Von der Mühsal des Entladens von Holzstämmen befreit, entfernte er nun, wegen der gebeugten Haltung ständig von Rückenschmerzen gequält, mit einem geschwungenen Schälmesser die Rinde von den Stämmen, um sie auf den Einbau in die schnell zu ihrer endgültigen Größe wachsenden Häuser vorzubereiten, fühlte sich erleichtert, daß nach Wochen der Plage die Arbeit beendet, der Rohbau der Häuser vollendet war, er sich nicht länger wie ein Sklave den ganzen Tag ducken mußte, sich endlich wieder zu seiner ganzen Größe aufrichten konnte. Und doch stellte er sich, inzwischen an unangenehme Überraschungen gewöhnt, immer wieder die mit Sorgen erfüllte Frage, was nun auf ihn zukommen würde.

Diese Frage erfüllte ihn noch mehr, als er am einzigen arbeitsfreien Tag, einem Sonntag, inmitten einer Schar an ein kühles Bad glaubender Mitgefangener von zwei Posten an das Ufer der in etwa einem Kilometer entfernt vorüber fließenden Wolga geführt, einen behelfsmäßig am Ufer vertäuten, mit Alabaster beladenen Lastkahn erblickte, dessen Hiersein Helge in Erstaunen versetzte, weil es weit und breit keinen Ort gab, in dem die im Schiff lagernde Fracht hätte gebraucht werden können.

Das plötzliche Unbehagen, daß er beim Anblick des Lastkahns verspürt hatte, verstärkte sich noch, als er die breiten, vom Ufer zum Bord des Schiffes hinauf führenden Laufplanken und die in unmittelbarer Nähe des Flusses ausgelegte, quadratische Plane erblickte. Und er ahnte, daß dieses so harmlos aussehende Arrangement noch von Bedeutung für sie werden würde.

Helges Überlegungen schienen seinen Kameraden fremd. Sie verharrten am Ufer und starrten auf die in der Morgensonne flimmernde Oberfläche des träge dahin fließenden Stromes, als könnten sie es nicht erwarten in das kühle, belebende Naß einzutauchen.

Alle ihre Träume waren mit einem Schlag zerstört, als sie den Befehl vernahmen unverzüglich mit dem Entladen des Schiffes zu beginnen. - Eine Anordnung, die Helge im Unterbewußtsein erwartet, ihn aber doch in Erstaunen versetzte.

Er konnte nicht glauben, daß die russische, damit beauftragte Administration planlos Güter in Gegenden verschickte, in denen sie nicht gebraucht wurden. Plötzlich kam ihm der verrückte Gedanke, ob nicht die teuflische Absicht, die Gefangenen mit unnützen Arbeiten zu demütigen hinter dieser Aktion steckte. – Doch sofort vergaß er das soeben Gedachte, weil er sich nicht vorstellen konnte, daß irgend ein dazu Berechtigter, nur um einige unbedeutende, deutsche Plenis zu schikanieren das Risiko eingehen würde, dafür im mildesten Fall von Stalin nach Sibirien, in die Verbannung geschickt zu werden. – Es war einfach nur eine der vielen Fehlleistungen der russischen Planwirtschaft.

Diese Überlegungen halfen Helge aber in der gegenwärtigen Lage nur wenig. – In ununterbrochener Folge schleppte er nun, inmitten seiner sich in ständigem Kreislauf bewegender Kameraden, die mit hochwertigem Gips gefüllte Trage durch die schwer zu atmende, von Gipsstaub erfüllte Luft aus dem sich nur quälend langsam leerenden Schiff, über die schwankenden Planken an das Ufer und schüttete den Gips, sich wundernd daß man daran gedacht hatte, auf die dort ausgebreitete Plane.

Die von ihnen Anfangs noch als leicht eingeschätzte Arbeit, entwickelte sich schon bald zu einer üblen, alle ihre Kräfte fordernden Plackerei. Die zielstrebigen Bewegungen der Männer waren im Verlauf der Stunden, kontinuierlich mit dem Steigen der Temperaturen langsamer und automatischer geworden, hatten auch Helge, wegen der eintönigen, hypnotisierenden Gleichförmigkeit der sich ständig wiederholenden Bewegungen in einen Trance ähnlichen Zustand versetzt, der ihn die Strapazen leichter ertragen ließ.

Kaum noch etwas von seiner Umwelt wahrnehmend, stapfte er in ununterbrochenem Kreislauf über die eine Planke in das Schiff hinein und mit gefülltem Korb über eine Andere aus ihm hinaus, beendete seinen Rundgang erst, als ihm gesagt wurde, daß er seine Arbeit beenden und sich von dem auf ihm haftenden Schweiß und Gipsstaub im Fluß befreien solle.

Kaum hatte Helge die Worte vernommen, streifte er seine Kleidung ab, sprang kopfüber ins Wasser und sah, als er wieder auftauchte direkt in den Lauf einer Maschinenpistole, die einer der Posten aus Sorge, daß er, sich der Gefangenschaft zu entfliehen den Fluß hinunter schwimmen könnte auf ihn gerichtet hatte.

Dessen Befehl zur Umkehr gehorchend schwamm er an das Ufer zurück und kleidete sich, das barsche Dawaij, Dawaij des Russen nicht beachtend in Ruhe an, fühlte einen Hauch von Freude über das soeben erlebte Bad im Fluß, fühlte sich zum ersten Mal wieder sauber, vom während langer Zeit auf ihm haftenden Schmutz befreit.

Die Fertigstellung der Holzhäuser erlebte Helge nicht mehr. – Schon wenige Tage nach seinem Bad in der Wolga brach er, von Fieber und Durchfall geschwächt während der Arbeit, zu der er trotz seines schlechten Zustandes immer wieder gezwungen war ohnmächtig zusammen.

Er bemerkte nicht, wie er nach einer kurzen Untersuchung auf die Ladefläche eines Lastwagen gebettet wurde, der ihn zu seiner weiteren Behandlung in das Krankenrevier des Hauptlagers in Kalinin transportierte.

Kalinin, August 1946

Helge wachte in einer so anders gearteten Umgebung auf, wie er es in der Gefangenschaft noch niemals erlebt hatte. – Bislang nur an dunkle, verräucherte Unterkünfte gewohnt, erschreckte ihn das Weiß der Decke, die er als Erstes erblickte. Geblendet von der Helle im Raum schloß er die Augen, lag minutenlang reglos auf seinem angenehm weichen Lager und lauschte, mit der Hoffnung einen Hinweis auf seinen Aufenthaltsort zu bekommen, angestrengt auf die wenigen, in der ihn umgebenden Stille erklingenden, leisen Geräusche. - Ein Bemühen ohne Erfolg.

Die Herkunft des leichten, ihm Unbehagen bereitenden Brennens in seinem linken Oberschenkel aber zu ergründen, öffnete Helge die Augen. Er richtete sich auf und erblickte nicht nur die in seinem Schenkel steckende Injektionsnadel, von der ein Schlauch zu einer an einem eisernen Gestell hängenden Flasche führte, aus der eine trübe Flüssigkeit in seinen Schenkel floß, sondern, als er sich in der Runde umsah, die fahlen Gesichter von einigen, aufrecht in ihren Betten sitzenden Männer, die ihn mit abweisenden Blicken musterten.

Die von einem der Männer in russischer Sprache an Helge gerichteten Worte vertieften noch dessen Verwirrung, ließen ihn erkennen, daß er sich nicht, wie er noch immer geglaubt hatte im Krankenrevier des Hauptlagers befand, sondern an einem ihm noch fremden Ort, von dem er nicht wußte, ob er ihm Schaden oder Glück bringen würde.

Ohne eine Antwort auf diese, an sich selbst gestellte, besorgte Frage erhalten zu haben, änderte sich schon nach kurzer Zeit seine Situation. – Als hätten sie nur auf sein Erwachen gewartet, betraten zwei ganz in Weiß gekleidete Frauen den Raum, entfernten wortlos die Kanüle aus seinem Schenkel, lösten die Bremsen an Helges Krankenbett und schoben ihn an unzähligen Türen vorbei, bis in ein Zimmer ganz am Ende des Ganges, in dem ihn die gleichen abweisenden Blicke empfingen, die ihm nachgesandt worden waren, als er das vorherige Zimmer, von den schweigsamen Frauen geschoben verließ.

Helge achtete nicht auf die ihn kritisch musternden Blicke. Er blickte von seinem, neben dem Fenster abgestellten Bett auf die sich von ihren, in herbstliches Braun, Gelb und Rot gefärbten Blätter befreienden Bäume und erinnerte sich plötzlich, nach einer langen Zeit des Vergessens ganz deutlich an seinen Großvater, an die am Ende des Jahres mühevolle Kartoffel- und Rübenernte und die ausgelassene Fröhlichkeit, wenn die Nachlese auf den Feldern beendet war, an das letzte gemeinsame Essen mit dem ganzen Gesinde, die Auszahlung des Lohnes und die Zuteilung eines großzügigen Debutats, mit dem sich sein Großvater die Treue seiner polnischen, immer wiederkehrenden Erntehelfer erhielt.

So überraschend schnell, wie ihm die Erinnerung gekommen, war sie vergessen, als einer der in ihren Betten liegenden Patienten eine der Frauen in einem nur schwer zu verstehenden russisch fragte, wer er war und woher er kam.

Von den vielen, über die Lippen der Frau sprudelnden Worten verstand der Frager nur Eines; Nemezkij.

Nicht länger auf den Redeschwall der Frau achtend, wendete er sich mit einer, seine Angst offenbarenden, an ein Wunder glaubender Euphorie an die mit wachsbleichen Gesichtern apathisch in ihren Betten Liegenden, als verkünde er ihnen nicht die Ankunft eines weiteren, schwer kranken deutschen Gefangenen, sondern das Erscheinen eines großen, ihre baldige Genesung herbeiführenden, sie von Schmerz und Leid befreienden Heilers; Es ist kein Rußki, er ist Deutscher. – Und zeigte mit seinem Verhalten, daß er dem Leben und der Wirklichkeit schon weit entrückt war.

Von dem, was um ihn geschehen und gesprochen war, hatte Helge, noch immer von hohem Fieber geplagt kaum etwas wahrgenommen. Erst nach langen Tagen aus seinem Dämmerzustand erwachend bemerkte er, daß sich das Krankenzimmer bis auf einen, still in seinem Bett ruhenden Patienten geleert hatte.

Noch zu benommen, sofort nach dem Verbleib der anderen Patienten zu fragen, erfuhr Helge von den russischen Schwestern erst nach einigen Tagen, daß nur einer von ihnen als geheilt ins Lager zurückgekehrt war, die Anderen verstorben waren. Ein Schicksal, daß sie mit Tausenden anderen deutschen Gefangenen teilten. Physisch und psychisch zu schwach, gegen Unterernährung und quälende Krankheiten zu kämpfen, fügten sie sich dem Geschehen, empfanden den Tod vielleicht sogar als die Erlösung aus einem nicht länger zu ertragenden Zustand.

Helge erschreckte der Gedanke, daß es ihm vielleicht auch so ergehen könnte. Er verbannte den ihn bedrücken Gedanken aus seinem Kopf, verließ sein Bett und stakte, sich an der Wand abstützend, mit vom langen Liegen schwachen, unsicheren Schritten zum Fenster des Zimmers und öffnete es. Sich dem in seiner Einbildung wahrgenommenen Totengeruch zu entziehen, beugte er sich vorsichtig hinaus und sog mit tiefen Zügen die, von den in herbstliches Rot, Gelb und Braun gefärbten Blätter, mit würzigem Duft erfüllte Luft in sich hinein.

Tief in Gedanken versunken sah Helge dem beinahe anmutigen Spiel der Blätter zu, die in unregelmäßiger Folge von den Bäumen sich lösend, lautlos zur Erde hinab schwebten, sie mit einem bunten Teppich bedeckten.

Obwohl Helge das friedliche Bild in seinen Bann zog, war es doch nicht in der Lage ihn aufzuheitern. Er konnte den Gedanken nicht los werden, daß sich schon bald alles ändern, die farbigen Blätter verschwinden, sich in das schmutzige Braun der Erde wandeln würden. - Ein Vorgang dem alles Leben unterworfen war, den Helge aber noch weit fern für sich wünschte. Er wollte keines der welken, wollte eines der wenigen, an den Bäumen hängen gebliebenen, Herbst und Winter überstehenden, grünen Blätter sein.

Nach einiger Zeit, des Anblicks der herab rieselnden Blätter müde geworden, wendete er sich in das Zimmer zurück und blickte direkt in die müden Augen seines letzten Zimmergenossen, der ihn flehend, wie um Hilfe bittend unverwandt ansah.

Helge ahnte, daß ihm nicht mehr zu helfen war. – Ohne Möglichkeit sich dem Geschehen zu entziehen, erlebte Helge mit zunehmendem Unbehagen den täglich sichtbarer werdenden, immer schneller voranschreitenden, körperlichen Verfall des letzten im Zimmer verbliebene, seinem Ableben entgegen dämmernden Kameraden.

Von einem merkwürdigen Gemisch von Angst und Mitleid erfüllt und dem Wunsch endlich vom Anblick dieses langsam sterbenden Menschen erlöst zu sein, tat Helge etwas, was er noch niemals in seinem Leben getan hatte. Er wendete sich der Wand zu, schloß seine Augen und bat Gott mit einem stillen Gebet diesen gequälten Menschen endlich von seinen Leiden zu erlösen. - Und ihm war, als würden seine Worte erhört, als hinter ihm ein leises, erlöstes Seufzen erklang.

Erschrocken, von einer unheilvollen Ahnung erfüllt, drehte Helge sich um, trat mit zögernden Schritten an das Bett seines still und reglos in ihm liegenden Kameraden heran, der mit toten, weit offenen Augen und einem heiteren Lächeln im Gesicht in eine bessere, nur ihm zugängliche Welt zu blicken schien, die den Lebenden verschlossen war.

Wie auf der Flucht vor dem an der Front wegen seiner Anonymität kaum beachteten, hier aber unmittelbar erlebtem Tod verließ Helge, eine Schwester oder Ärztin von dem gerade Geschehenen zu unterrichten den Raum, kehrte erst in ihn zurück, als der Verstorbene entfernt war, in dem er nun als Letzter der hier einstmals behandelten Gefangenen bis zu seiner Genesung verbleiben mußte.

Helge begann das Zimmer zu meiden, verbrachte nur noch die Nächte in ihm. – Und fühlte sich unendlich erleichtert, als er es wenig später für immer verlassen konnte, er aus der Obhut der ihn während langer Wochen mit Routine, aber auch unerwarteter Warmherzigkeit betreuenden Ärztinnen und Schwestern entlassen war.

Sein eben noch empfundenes Hochgefühl schwand aber sofort, als er von drei mit Maschinenpistolen bewaffneten russischen Soldaten, bewacht wie ein hochgerüsteter Staatsfeind, zu Fuß an unzähligen, ihn neugierig anstarrenden Passanten vorbei bis vor das Lager inmitten der Stadt geführt wurde.

Voller Staunen sah Helge auf das große, weiße Haus hinter dem Stacheldraht, vor dem sie halt gemacht hatten. Er konnte kaum glauben, daß dieses prachtvolle, von einem, wie er wenig später erfuhr deutschem Architekten als Kunstschule errichtete Gebäude nun für eine unbestimmt lange Zeit sein neues zu Hause werden sollte.

Von den Posten flankiert betrat Helge das Lager, trat durch die kunstvoll gestaltete Flügeltür in die einstmals für Empfänge genutzte Eingangshalle und schritt, von den Posten geleitet, die weit geschwungene Treppe in das Obergeschoß des Hauses hinauf, in dem sich die Räume der deutschen Lagerleitung, die Krankenstation und auch die zwei riesigen Säle befanden, über deren hölzernes Parkett einst Tänzerinnen wie grazile Elfen hinweg geschwebt waren und den Tänzern als Übungsstätte für ihre schwerelos erscheinenden Sprünge dienten, nun, ihren Idealen entfremdet, zu Wohn- und Schlafsälen für deutsche Kriegsgefangene umfunktioniert worden waren.

Mit dem selben Gleichmut, mit dem Helge die organisatorisch immer gleich ablaufende Prozedur der Registrierung und der Zuweisung zu einer Gruppe ihm vollkommen fremder Menschen in der

Vergangenheit hingenommen hatte, ließ er sie auch dieses Mal über sich ergehen.

Nachdem ihm der Name seines zukünftigen Gruppenführers, eines Hauptfeldwebels mitgeteilt und er sein ihm zugewiesenes Lager auf der primitiven Holzpritsche gerichtet hatte, unternahm Helge, von der langsam unerträglich werdenden Langeweile, aber auch von der gleichen, unbändigen Neugier, die ihn schon seit seiner Kindheit voran getrieben, einen ersten Rundgang durch das Haus.

Noch unschlüssig, wohin er sich wenden solle, schritt er plötzlich entschlossen die weit geschwungene Treppe in die große Eingangshalle hinab und entdeckte schon nach kurzem Suchen eine Treppe, die in das in die Erde gebaute Untergeschoß, in den Versorgungstrakt des Hauses führte.

Zögernd und mit der sorgenvollen Frage erfüllt, was er dort unten vorfinden würde, stieg Helge die Stufen hinab und begann, von nur wenigen, ihm begegnenden Mitgefangenen kaum beachtet, voller Aufmerksamkeit beinahe jeden Winkel in diesem Teil des Hauses zu durchstöbern. Schon nach kurzer Zeit seines Suchens hatte er die Bleibe der Friseure, den großen, wie er es später erlebte auch zu Schachturnieren und Kulturveranstaltungen genutzten Speiseraum und die in dessen unmittelbaren Nähe liegenden, Helge am wichtigsten erscheinenden, ihm vielleicht zusätzliche Nahrung versprechenden Räume, die Küche und den Brotschneideraum entdeckt.

Obwohl er glaubte, das für ihn wichtigste im Lager gefunden zu haben, kehrte er noch nicht zu seiner Schlafstelle zurück, sondern folgte einigen, an ihm vorübergehenden Männer in die entlegenste Region des Hauses.

Überrascht blieb Helge stehen, als er die Tür, von der er geglaubt, daß sie ins Freie führte öffnete, er in eine hochmoderne Männertoilette blickte, wie sie nur von Berlin her kannte, ähnliches noch niemals in Rußland gesehen hatte.

Nicht auf die Machorka rauchenden, ihn mißtrauisch beobachtenden Männer achtend, trat er an eines der an der Wand hängenden Urinbecken heran, drückte, zu ergründen ob die Spülung funktionierte auf den dafür installierten, metallenen Knopf und wich leicht erschrocken einen Schritt zurück, als das Wasser gurgelnd und brausend aus nicht sichtbaren Düsen in das Becken strömte.

Noch bevor das Geräusch ganz verstummt war, stürmte Helge in eine der offenen Kabinen und betätigte auch dort die hinter dem Sitzbecken angebrachte Spülung und lauschte wie verzückt auf das Rauschen des abfließenden Wassers.

Von Unwillen erfüllt wendete Helge sich um, als er hinter seinem Rücken die von einem der Männer hohnvoll an ihn gerichtete Frage vernahm, ob er aus einem Kaff käme, in dem er noch niemals eine Toilette mit fließendem Wasser, sondern nur primitive Donnerbalken gesehen hätte?

Mit einem spöttischen, herablassenden Lächeln sah er den Sprecher an:

„ Ich habe in Berlin hunderte solcher Toiletten gesehen. – Ich war nur nicht darauf gefaßt, hier ähnlich funktionierende Einrichtungen zu entdecken, zumal ich in diesem Land bisher ständig dazu gezwungen war den von Dir so genannten Donnerbalken zu benutzen." Er sah noch einmal auf die an der Wand hängenden Becken und sagte leise: „ Welch angenehme Überraschung."

Ohne die Anwesenden noch eines Blickes zu würdigen verließ er den Raum und kehrte, nicht ahnend, daß er noch am selben Tag durch seine Anwesenheit im Lager die Russen in helle Aufregung versetzen sollte zu seinem Schlafplatz zurück.

Er legte sich auf seine Pritsche und machte wieder das, was er auch im Krankenhaus die meiste Zeit gemacht hatte. - Er wartete!

Dieses Mal wartete Helge aber nicht auf seine Genesung, sondern auf das Erscheinen der Männer des Zuges, dem man ihn zugeteilt hatte.

Wieviel Zeit vergangen konnte Helge nicht sagen, als er das vor der Tür immer lauter werdende Geräusch einer großen Anzahl von sich nähernden Menschen vernahm. – Er richtete sich auf und blickte den sich in den Saal drängenden Männern entgegen, die sich, ihn kaum beachtend, erschöpft auf den Pritschen um ihn herum niederließen.

Sich zu erholen blieb den Männern kaum Zeit. Schon wenig später betrat ein Hauptfeldwebel den Schlafsaal und forderte die gerade erst Angekommenen auf ihm in die untere Etage, in den großen, auch zu Schachturnieren und kulturellen Veranstaltungen genutzten Speiseraum zu folgen.

Als wenn er sich überzeugen wolle, daß auch alle Männer seinem Ruf folgten, sah er sich noch einmal um und entdeckte Helge, der noch immer reglos auf seiner Pritsche hockte.

Mit der Weisung an die anderen Männer auf ihn zu warten, trat der Feldwebel an Helges Lager heran und fragte ihn, woher er käme und was er hier täte?

Helge sprang auf, baute sich in strammer Haltung vor dem Feldwebel auf und erklärte diesem, daß er am Morgen aus dem Zivilkrankenhaus in der Stadt entlassen worden und von der hiesigen Lagerleitung angewiesen war, sich bei dem Hauptfeldwebel Markus Wagenknecht zu melden, er aber nicht wüßte wie und wo er diesen finden könne.

Im Gesicht des Feldwebels regte sich kein einziger Muskel.

„ Ich bin Markus Wagenknecht!" Er sah Helge prüfend an, stellte lapidar die Frage, die alle Gefangenen am stärksten berührte: „ Hast Du heute schon etwas zu essen bekommen?"

„ Nein, Herr Feldwebel ", sagte Helge, noch immer in seiner steif aufgerichteten Haltung verharrend.

Wagenknecht blickte Helge beinahe zornig an und sagte, obwohl er Mitleid mit dem vor ihm stehenden jungen Mann empfand unwirsch:

„ Höre auf mit dem unsinnigen Strammstehen und unterlasse endlich die unterwürfig klingenden militärischen Anreden. Wir sind hier nicht mehr in einer preußischen Kaserne, sondern in einem russischen Gefangenenlager, in dem ich das Glück habe, als Gruppenführer nicht arbeiten zu müssen, sonst aber nicht mehr Rechte besitze als Du. – Also sprech' mich in Zukunft mit Markus oder sonst wie an, aber bitte nicht mehr mit meinem militärischen Rang." Er machte eine auffordernde Handbewegung: „ Komm' mit! - Ich werde mich darum kümmern, daß auch Du etwas zu essen bekommst."

Obwohl Helge noch skeptisch gewesen, bekam er anstandslos seine Ration von vierhundert Gramm Brot und eine aus nicht definierbaren Zutaten bestehende Suppe, weil das deutsche Küchenpersonal die Mitteilung beachtete, daß sich ein Gefangener mehr im Lager befand.

Dieses Wissen schien aber noch nicht bis zur ganzen russischen Wachmannschaft durchgedrungen zu sein, was den allabendlichen Zählappell zu einer sich über lange Zeit ausdehnenden, Nerven- und Kräftezehrenden Prozedur werden ließ.

Schon unzählige Male hatten die Russen die Gefangenen abzählen lassen und waren immer wieder zu dem ihnen unbegreiflichen Ergebnis gekommen, daß es einen Mann zu viel im Lager gab.

Die Gefangenen vergessend, entwickelte sich unter den Russischen Offizieren, die ein oder zwei Gefangene weniger noch verstanden hätten, eine lange, immer heftiger werdende Diskussion.

Plötzlich schien einem von ihnen eine, das Rätsel auflösende Idee gekommen zu sein.

Er löste sich aus dem Kreis der heftig diskutierenden, ging gemächlich zum Lagertor und betrat das Haus, in dem die russische Wachmannschaft lebte, ging aber nicht in den Wohnbereich, sondern begab sich in den Raum, in dem das Buch deponiert war, in das alle Ereignisse, die das Lager und seine Insassen betrafen, mit Datum und Uhrzeit eingeschrieben wurden.

Akribisch genau laß er sich die letzten Eintragungen durch, klappte das Buch mit einem hörbaren Knall zu, brachte es an seinen angestammten Platz zurück und verließ das Haus mit einem Gesicht, als hätte er soeben den Stein der Weisen gefunden.

Ohne Hast, als hätte er alle Zeit der Welt, kehrte er zu seinen Kameraden zurück. Deren hitzige Debatte brach abrupt ab, als ihnen berichtete was er im Wachbuch entdeckt hatte.

Wie ihr Gesicht zu wahren und von ihrer unzureichenden Nachrichtenvermittlung abzulenken, ließen die Russen noch ein letztes Mal abzählen, bevor sie die, vom langen Stehen müde gewordenen Gefangenen in ihre Quartiere entließen.

Helge, nicht minder müde als seine Kameraden, war froh, daß diese nur über die vermeintliche Schikane der Russen erzürnt waren, nicht ahnten, daß allein durch seine Anwesenheit im Lager das Durcheinander entstanden war.

Während der folgenden Monate verrichtete Helge die unterschiedlichsten Arbeiten in der Stadt. - Er säuberte Straßen und Plätze, pflanzte in Parks Bäume und Sträucher, leerte Abfallgruben und landete eines Tages auf der Baustelle eines neu errichteten, aber noch nicht fertigen Hauses und glaubte, als man ihm und einem seiner Kameraden auftrug die Mischmaschine zu bedienen, einen ruhi-

145

gen Job bekommen zu haben.

Er hatte sich gründlich geirrt, weil es auch seine Aufgabe war, gemeinsam mit seinem Kameraden, den von ihm produzierten Mörtel in einer Quadratischen Kiste zu der nur aus russischen Frauen bestehenden Kolonne zu transportieren, die in ungewöhnlicher Schnelligkeit die Innenwände des neu errichteten Hauses verputzten.

Obwohl Helge hätte froh sein sollen, daß er nach langen Tagen harter Arbeit des Mörtel machens und den ihn ständig zur Eile treiben Rufen der Frauen nach mehr Speis erlöst war, fühlte er ein leichtes Bedauern, daß mit der von ihm bedienten, ihm viel Kraft abfordernden Mischmaschine auch die jungen Frauen, auf deren Anblick er sich jeden Tag aufs Neue gefreut hatte, verschwunden waren.

Schnell hatte Helge die für die Gefangenen ohnehin nicht erreichbaren Frauen vergessen, als er von dem die Baustelle leitenden Natschalnik zu einer Arbeit bestimmt wurde, von der er nicht die geringste Ahnung hatte.

Erstaunt, wie schnell er von einem Schreiner angeleitet, dessen Handhabungen und Techniken erlernte, begann Helge nun in den Zimmern des neu errichteten Hauses Fußböden aus Kiefernholz zu verlegen. – Eine Arbeit, die ihm ein großes Maß an Freiheit verschaffte, weil der die Baustelle leitende russische Natschalnik wegen seiner mangelnden Fachkenntnisse nicht genau abzuschätzen vermochte, wieviel Zeit die unterschiedlichsten Arbeitsgänge, das Ausmessen und Zuschneiden der Bretter auf ihre erforderliche Länge und deren Transport in die Räume des Hauses, das Festkeilen und Vernageln Dielen auf den vorab mit einer Wasserwaage ausgerichteten Dielen beanspruchen würde.

Obwohl Helge und sein Helfer ständig mißtrauisch kontrolliert, zügig arbeiten mußten, ergab sich doch immer wieder einmal eine dem Natschalnik verborgen bleibende Gelegenheit sich auszuruhen.

Schneller, als Helge für sich gewünscht hatte, fand die, für die Gefangenschaft ungewöhnliche Idylle ein jähes Ende.

Gleichzeitig mit seiner Arbeit im Haus, waren auch die Putzarbeiten an der Fassade des Hauses beendet. – Und nun erlebte Helge die grotesk, beinahe schizophren wirkende Wertschätzung der Russen für Materialien, wie es sie in solch krasser Form wohl nirgends gab, er es noch niemals erlebt hatte.

Während im ganzen Land jeder unbedeutende Misthaufen von einem bewaffneten Zivilisten oder Soldaten vor Diebstahl und Zerstörung geschützt, und Tausende arme, Hungerleidende, sich auf den umliegenden Feldern der Stadt mit den dort gepflanzten Produkten versorgte und wegen ihres Diebstahls von Volkseigentum mit der Deportation in die unwirtlichsten Gebiete von Sibirien bedroht waren, ließ der Natschalnik, ohne befürchten zu müssen dafür bestraft zu werden, die das Gerüst haltenden Seile durchtrennen und sah mit unbewegtem Gesicht zu, wie das in vielen Stunden mühseliger Arbeit errichtete Gerüst sich langsam zur Seite neigte, mit riesigem Getöse auf die Straße schlug und krachend und splitternd in unterschiedlich große Holzstücke zerbrach.

Während der folgenden Tage, an denen ihr Zug in kleine Gruppen aufgeteilt die Straße von den Holztrümmern und das Terrain um den Neubau herum von Bauschutt und übrig gebliebenen, unbrauchbaren Materialien säuberte, kam Helge plötzlich in den Sinn, daß er, sobald diese Arbeit hier beendet war, wohl keine Gelegenheit mehr bekommen würde, den am Weg in das Lager gelegenen kleinen Markt zu betreten, er nichts mehr von der ihn fesselnden Atmosphäre erleben, nichts mehr vom stillen Mitgefühl der selbst unter dem im Land herrschenden Mangel leidenden alten Frauen und Männer spüren würde, die ihm verstohlen einen Teil ihrer kargen Ration Brot, einige Rüben oder auch rote Bete zusteckten, ihn aber sogleich mit lauten Worten davon trieben, als fürchteten sie die Strafe des KGB.

Als wären auch dem sie an ihrem letzten Arbeitstag bewachenden Posten die selben Gedanken gekommen, daß es auch für ihn die letzte Gelegenheit war von den Gefangenen für sich einen Anteil an den von ihnen organisierten Dingen zu erlangen, ließ er die Männer, als müsse er verschnaufen am Rand des Marktes halten und sah, ohne das vor seinen Augen ablaufende Geschehen zu unterbinden wie unbeteiligt zu, als die Kolonne sich auflöste, Helge und seine Kameraden auseinander strebten und sich zwischen den zu langen Reihen, aus rohen Brettern errichteten Verkaufsständen verteilte.

Helge, der schon einige Male hier gewesen, eilte zielstrebig, nicht auf die auf den Brettern ausgelegten Waren zu achten, durch die Region des Marktes, in der alte Frauen einen Teil der in ihren Gärten erzeugten Produkte, Kartoffeln, Obst und alle möglichen Sorten von Gemüse zum Kauf anboten.

Sein Ziel waren die von ihm bisher verschont gebliebenen Alten Männer, die hinter großen offenen Säcken voller selbst produziertem Machorka, dem Tabak für das gemeine Volk, in stoischer Ruhe auf niedrigen Schemeln hockend, auf Kunden warteten.

Die einen kurzen Moment gefühlte Scham, die er wegen seiner, ihm immer wieder Unbehagen bereitenden Bettelei empfand schwand augenblicklich, als ihm bewußt wurde, daß er schon mit einem Stagan, einem Wasserglas voller Machorka im Tausch von seinen Kameraden einige Portionen Brot einhandeln konnte.

Von der Aussicht auf eine zusätzliche Nahrungsquelle beflügelt, trat Helge, nun von allen Hemmungen befreit auf einen der hinter seinem prall mit billigem Tabak gefüllten Sack hockenden alten

Männer heran und sprach ihn mit seinem holprigen, bruchstückhaften Russisch an:

„ Poschaluista Gospodin ", Helge deutete auf den Sack mit dem Machorka, „ odin Kurijt na Proba."

Der alte Mann sah Helge einen Moment mit einem Blick an, als hätte er dessen Worte nicht verstanden. Plötzlich griff er nach einem der neben ihm aufgestapelten Exemplare der die einzige, unumstößliche Wahrheit im Land verkündenden Zeitung, der Prawda, riß, es grenzte an Blasphemie, eine Seite von ihr ab, legte sie in Helges ausgestreckte Hände und schüttete ein Stagan, ein großes Wasserglas voller Tabak auf die Seite der Zeitung, auf der die übermächtige Kommunistische Partei ihre „Wahrheiten,, verkündete, die sich schon bald als Deckblatt für Papirosa, zu Zigaretten gerollt, in das was sie waren, in Rauch und flüchtigen Dunst auflösten.

Der Alte war an Helges Dank, an dessen ständig wiederholtem Spasibo nicht interessiert. Er machte eine von ihm wegweisende Handbewegung knurrte ihn, sich vorsichtig nach allen Seiten umsehend barsch an:

„ Idti Paschiol! – Bistro dawai – dawai dawai!"

Den alten Mann nicht länger dem Verdacht auszusetzen, mit einem deutschen Gefangenen zu sympathisieren entfernte sich Helge, den gerade erlangten Tabak und die Seite der Prawda sorgfältig in seinen Taschen verstauend von dessen Platz und erblickte, auf den Ausgang des Marktes zustrebend einen hinter einem Sack voller Machorka sitzenden Mann, der wie der Zwillingsbruder des von ihm gerade verlassenen aussah.

Obwohl Helge schon mehr erreicht, als er erwartet hatte , konnte er der Versuchung sein Glück noch einmal herauszufordern nicht widerstehen.

Er trat, ohne auf einen erneuten Erfolg zu hoffen, an den alten Mann heran, brachte wieder seine holprige, nur schwer verständliche Bitte hervor und erlebte den gleichen, ihm ein unbehagliches Gefühl bereitenden Ablauf des gerade vergangenen Geschehens.

Wieder riß der alte Mann eine Seite aus der Prawda heraus, legte sie in Helges Hände, schüttete ein Stagan, ein Wasserglas voller Machorka darauf und trieb ihn mit den gleichen, kurz zuvor noch gehörten, fort weisenden, zur Eile treibenden Worten davon.

Vom plötzlichen Hochgefühl erfüllt noch ein zweites Mal an einem Tag erfolgreich gewesen zu sein, strebte Helge, ein Spasibo, einen Dank vergessend auf die Straße hinaus und bereute sofort seine übertriebene Eile, weil ihm zum Verbergen seines Erwerbes in seiner Kleidung keine Zeit blieb.

Kaum hatte Helge den Markt verlassen, trat der sie bewachende Posten, seinen Anteil an Helges erbetteltem Gut zu fordern an diesen heran.

Im Kopf des Postens erst gar nicht den Gedanken zu wecken, in seinen Taschen nach dort versteckten Dingen zu suchen, übergab Helge ihm bereitwillig die Hälfte des zuletzt erlangten Machorka und atmete erleichtert auf, als der Posten sich, nach einem kurzen Zögern dem Markt und seinen aus diesem herauskommenden Kameraden zuwendete, um auch von ihnen den, wie er meinte, ihm zustehenden Anteil von deren erbetteltem Gut zu fordern.

Helge machte sich keine Gedanken darum, wie der sie bewachende, junge Posten seinen vermeintlichen, nur ihm gehörenden Schatz vor seinen, selbst ständig nach zusätzlichen Zuwendungen strebenden Genossen verbergen würde.

Er war froh unbehelligt an den sie streng kontrollierenden Russen vorbei ins Lager gekommen zu sein, die jeden Gefangenen gezielt nach metallischen Gegenständen untersuchten, weil jeder der Wachposten an die unsinnige Aussage eines unbekannten russischen Generals glaubte, daß die Nemezki mit nur einem Stück Blech in das Lager hinein marschierten und, wenn man nicht höllisch aufpaßte, schon wenig später mit einem kampffähigen Panzer hinaus fahren würden.

Helge war nicht daran interessiert einen Panzer zu bauen. Er war in Gedanken nur mit der Frage beschäftigt, von welchem seiner Kameraden er die größte Menge an Brot für den in seinen Taschen verborgenen Machorka wohl bekommen könnte.

Das Problem, den Tabak gegen Brot einzutauschen erledigte sich schnell, dafür taten sich aber für Helge neue, ihm unruhige Tage und Nächte bereitende Sorgen auf, das aus seinem Handeln erlangte, an seinem Körper verstaute Brot vor dem Zugriff der ihm seinen Erfolg Neidenden Kameraden zu sichern.

Diese Ängste waren aber schon bald Vergangenheit, weil Helge dem Drang sich endlich wieder einmal richtig satt zu essen nicht lange widerstehen konnte.

Von der Sorge um seinen Besitz befreit, nun aber wieder von einem ihm zum treuen Begleiter gewordenen Hungergefühl geplagt, erledigte Helge, den einzigen, ihnen Ruhe gewährenden Tag, den Sonntag herbeisehnend, seine ihm zugeteilten Aufgaben.

Er ahnte nicht, daß er an einem dieser arbeitsfreien Tage eine noch größere Demütigung erfahren sollte, als die, sich bei der Feststellung seiner Arbeitsfähigkeit nackt vor russischen Ärztinnen zu zeigen, sich von ihnen betasten lassen zu müssen.

Obwohl Helge glaubte das Hauptlager weitgehend erkundet zu haben, war ihm wegen der Kürze seines Hierseins doch einiges von den sich sporadisch wiederholenden Ereignissen noch unbekannt.

So auch der nur einmal im Monat für jeden der im Lager internierten Gefangenen stattfindende Badetag, der sich weit über den

Vormittag des Sonntags hinzog, weil der Waschraum nur einer begrenzten Anzahl von Männern Platz bot.

Von seiner Kleidung befreit, zwängte sich Helge gleichzeitig mit zwei anderen, ihm nicht bekannte Männer unter eine der in offenen Kabinen installierte Duschen und genoß, sich langsam hin und her drehend, voller Behagen das über seinen Körper strömende warme Wasser.

Abrupt erstarrte er plötzlich in seinen Bewegungen, als er eine langsam über seinen Rücken streifende Hand fühlte, er die fragenden Worte von einem der mit ihm unter der Dusche stehenden Männer, ob er ihn einseifen dürfe vernahm.

Unfähig, die ihm gezeigte kameradschaftliche Hilfe abzulehnen, ließ es Helge geschehen, daß sich die Hand des ihn angeblich einseifenden Mannes mit kreisenden Bewegungen auf sein Gesäß zu bewegte und plötzlich, in Helge ein Gefühl von Entsetzen und Ekel auslösend, mit den Fingern in seinen After eindrang, mit der anderen Hand nach seinem Penis griff und mit rücksichtsloser Gewalt sein hartes, erigiertes Glied zwischen seine Schenkel drängte.

Helges Erstarrung dauerte nur einen kurzen Moment. – Mit einer ruckartigen Bewegung befreite er sich aus den ihn bedrängenden Händen und schrie, während er sich eilig aus der Duschkabine entfernte, mit einer das Rauschen des nieder strömenden Wassers übertönenden, hysterischen Stimme:

„ Wenn Du es noch einmal wagst mich anzufassen, Du perverses Schwein, bringe ich Dich um!"

Noch immer wilde Drohungen ausstoßend wich er in die Mitte des Waschraumes zurück, verstummte aber sofort, als er den ihn zur Ruhe zwingenden Griff auf seiner Schulter fühlte, er eine Erklärung fordernde Stimme hinter seinem Rücken vernahm:

„Warum gleich so vehement mit Mord und Totschlag drohen, mein

Junge? – Gibt es dafür einen vernünftigen Grund?"

Noch immer aufgebracht sprudelte wild durcheinander die Schilderung der an ihm begangenen Handlungen und erneute Drohungen aus Helge heraus.

Der Druck der auf Helges Schulter liegenden Hand verstärkte sich, zwang ihn sich dem Frager, einem ungewöhnlich kräftigen, ihn um einen halben Kopf überragenden Mann zuzuwenden, der seinen Redeschwall abrupt unterbrach:

„ Nun mal schön langsam, mein Junge. – Ich habe noch immer nicht verstanden was eigentlich passiert ist. – Erkläre mir das bitte, aber schön langsam, eins nach dem anderen, immer schön der Reihe nach."

Anfänglich noch aufgeregt und verwirrt, aber schnell an Sicherheit gewinnend, schilderte Helge dem ihn noch immer an der Schulter haltenden Unbekannten was ihm vor wenigen Augenblicken widerfahren, was ihn aufs tiefste verletzt hatte, bat um Verständnis für seine aus der Enttäuschung heraus aufgekommene Wut, daß einer der mit ihm das gleiche Schicksal teilenden Kameraden sich mit hemmungsloser Schamlosigkeit, seine primitivsten Gefühle zu befriedigen an ihm vergriff, wohl glaubte, daß er, Helge, wegen seiner Jugend und seiner körperlichen Unterlegenheit still halten würde.

Noch immer erregt stieß er laut und heftig heraus, daß er sich auch in Zukunft gegen die Annäherungen der sich, wegen der fehlenden Frauen im Lager nach Ersatz suchenden, zur Perversität neigenden Männer mit aller Kraft zur Wehr setzen, er sich nicht zu deren Lustknaben machen lassen würde.

„ Das sollst Du auch nicht."

Mit leichtem Druck seiner Hand drehte er Helge in die Richtung der Duschkabine aus der dieser vor kurzem geflohen war und fragte kühl, als erkundige er sich nach der Identität eines Affen, der Helge eine Banane gestohlen hatte:

„ Und welcher von den Beiden hat das getan?"

Helge hob die Hand und deutete auf die Kabine:

„ Der da!"

„ Wer ist der da?" In der Stimme des ihn haltenden Mannes war Ungeduld: „ Der Linke oder der Rechte?"

„ Der Rechte!"

Ohne Helge noch zu beachten, trat der Unbekannte an den von Helge bezeichneten Mann heran, drehte ihn mit hartem Griff zu sich herum und sagte mit ruhiger, aber bestimmter Stimme:

„ Ich habe gerade von einem geschockten Jungen eine nicht sehr schöne Geschichte über Deine dreisten Hände gehört. - Ich kann Dich nur warnen! – Wenn Du deine Hände in Zukunft nicht besser im Zaum hältst, kann es passieren, daß Du mächtigen Ärger bekommst."

„Wegen welchem Jungen sollte ich wohl Ärger bekommen?" Der Angesprochene sah sich wie suchend nach allen Seiten um.

„ Spiele nicht den Unschuldigen! – Du weißt von wem ich spreche und Du weißt auch wer ich bin. Und darum kannst Du auch sicher sein, daß ich Dir einige Unannehmlichkeiten bereiten werde, wenn Du weiterhin Deine perversen Neigungen mit einem Jungen ausleben willst, der schon genug unter dem Zwang seiner Bewacher, der Bewegungseinschränkung und den harten Arbeitseinsätzen körperlich zu leiden hat, Du sogar mit schamloser Gewissenlosigkeit bereit bist ihn auch seelisch zu zerstören.- Und das nur, um Deine abnorme Triebhaftigkeit zu befriedigen."

Wie zwei zum Kräftemessen angetretene griechische Ringkämpfer standen sich die beiden nackten, vom Dampf des herabströmenden Wassers umhüllten, auf einen Angriff des anderen wartenden Männer gegenüber und sahen sich von Zorn erfüllt an.

Es klang wie eine lahme Entschuldigung:

„ Natürlich weiß ich, daß Du, Felix, als Chefkoch des Lagers bei den Russen viel Gehör bekommst und einen großen Einfluß besitzt. Das gibt Dir aber noch lange nicht das Recht sich in das Leben eines Kameraden einzumischen, ihn an seinen Handlungen zu hindern.“

Schon im Begriff sich zu entfernen, drehte sich Felix Klingbeil, der Küchenchef, noch einmal nach seinem Kontrahenten um und sagte mit beherrschter, seinen Zorn aber offenbarender Stimme:

„ Das werde ich in diesem Fall aber tun! – Beschäftige Du Dich mit den Dir Gleichgesinnten, aber faß' diesen Jungen nicht ein einziges Mal mehr an, sonst wirst Du eines Tages aus diesem Lager nach irgendwohin verschwinden. – Das verspreche ich Dir!“

Sein Gegenüber lachte häßlich auf:

„ Du hast wohl selbst ein Auge auf den Jungen geworfen, was? - Willst ihn wohl für Dich?“

Der Küchenchef sah sein Gegenüber beinahe mitleidig an:

„ Dir scheinen die, wenn auch nur bescheidenen Annehmlichkeiten des Hauptlagers nicht recht zu bekommen.“ Er machte ein nachdenkliches Gesicht und sagte plötzlich mit diabolischer Freundlichkeit, als wäre ihm etwas tolles eingefallen: „ Vielleicht würde Dir eine Kur auf dem Lande wohltun? – Das läßt sich sicher irgendwie arrangieren.“

Ahnend, daß Felix seine Drohung wahr machen würde, sah sein Kontrahent ihn flehend an:

„ Können wir die ganze Angelegenheit nicht einfach vergessen?“

„ Nein!“

„ Und warum nicht?“

Felix Blick war kalt und abweisend:

„ Weil ich zwei Söhne in einem ähnlichen Alter habe, die ich nicht gerne von den Händen solcher Männer wie Du einer bist, beschmutzt sehen möchte."

Die auf ihn gerichteten, haßerfüllten Blicke ignorierend, wendete Felix sich Helge zu, der mit der Erkenntnis, daß nicht nur die Russen, sondern auch die eigenen, in führenden Positionen sitzenden Kameraden über ihr Schicksal bestimmten, stumm der Auseinandersetzung der Beiden gelauscht hatte, legte einen Arm um dessen Schulter und führte ihn aus dem Bad hinaus einer Prozedur zu, die Helge mit beinahe dem gleichen Abscheu erfüllte, den er gerade erst bei den aufdringlichen Berührungen fremder Hände an seinen Genitalien empfunden hatte.

Nachdem ihm ein deutscher Friseur sämtliche Haare, auch die Schamhaare entfernt hatte, kleidete Helge sich an und verließ unverzüglich das Bad. Erschrocken blieb er stehen, als er hinter sich schnelle Schritte und den Ruf stehen zu bleiben vernahm.

„Was rennst Du denn so schnell davon?" Felix schien etwas ungehalten über Helges Verschwinden zu sein: „Ich wollte Dir noch sagen, daß Du Dich wieder an mich wenden sollst, wenn Du wieder einmal belästigt wirst oder in irgendwelche anderen Schwierigkeiten kommst. Ich werde dann versuchen Dir zu helfen."

Obwohl nicht überzeugt, nickte Helge wie zustimmend schwach mit dem Kopf: „Na gut, ich werde dran denken." Er sah Felix von Zweifel erfüllt, ob er auch tun würde was er sagte fragend an: „Und wo und wann kann ich Dich erreichen?"

„Frage einfach in der Lagerküche. Die Männer dort wissen im allgemeinen wo ich mich aufhalte."

Felix löste seine Hand von Helges Schulter, schob ihn von sich fort und sagte beinahe grob, daß er sich nun nicht länger um ihn kümmern könne, weil er noch andere Dinge zu erledigen Hätte. Er drehte sich um und ging ohne Gruß mit ruhigen Schritten davon.

Ohne viel Hoffnung dem Küchenchef noch einmal zu begegnen, sah Helge dem sich langsam Entfernenden nach. – Und ahnte nicht, daß er durch den ihn im Bad bedrängenden Päderasten in Felix Klingbeil, dem Küchenchef des Lagers, einen väterlichen Beschützer bekommen hatte, der ihm wegen seiner guten Verbindungen zur russischen und deutschen Lagerleitung das Leben im Lager ein wenig erleichterte.

Ein ungewöhnlich früher Kälteeinbruch und die unmittelbar darauf einsetzenden starken Schneefälle machten das Arbeiten auf den Baustellen der Stadt immer schwieriger, schon bald unmöglich.
Einem der nun beginnenden Einsätze in der Eishölle, dem stupiden Schneeräumen auf den Geleisen und den Straßen der Stadt zu entgehen, tat Helge etwas, vor dem ihn ältere Kameraden schon während seiner Ausbildung in der Heimat ständig gewarnt, ihm abgeraten hatten es niemals zu tun.
Die Aussicht einen Winter nicht draußen in der Kälte, sondern in den warmen Werkräumen einer Fabrik zu verbringen, war viel zu verlockend, als daß er den früheren, von seinen Kameraden ausgesprochenen Warnungen hätte widerstehen können. – Er meldete sich freiwillig zur Arbeit in einer der größten, hier in Kalinin angesiedelten Waggonfabriken des Landes, die angeblich zur Erfüllung ihrer Aufträge und Normen dringend Facharbeiter aus allen Metall verarbeitenden Berufen benötigten.
Mit dem ihn beruhigendem Gefühl eine gute Entscheidung getroffen zu haben, stapfte Helge schon wenige Tage später im Kreis einer Schar mit von gleichem Optimismus erfüllter Kameraden durch

die verschneite Stadt, kletterte, den Weg zu ihrem angestrebten Ziel abzukürzen, das steile Ufer zur mit dickem Eis bedeckten Wolga hinunter und am gegenüber gelegenen Ufer wieder hinauf, überquerte eine von Schnee geräumte Straße und gelangte, nachdem er von in schwarzes Leder gekleideten, schwer bewaffneten Zivilisten gründlich kontrolliert worden war, durch ein kleines Tor auf das Fabrikgelände und nach wenigen Metern, von einem der schwarzen Männer geführt in eine riesige Werkshalle, die vom Dröhnen Eisen bearbeitender Hämmer, dem Kreischen und Rasseln der unter dem hohen Dach der Halle sich ständig mit schweren Lasten hin und her bewegender Kräne, von aufgewirbeltem Schmutz und Industriestaub angereicherter, nur schwer zu atmender Luft erfüllt war, in der sich eine große Anzahl von Männern und Frauen in Arbeitskleidung mit nicht erkennbaren Aufgaben beschäftigt hin und her bewegten.

Helge kam, sich an seine Ausbildung zum Maschinenschlosser in der Heimat erinnernd, beim Anblick der von den Russen, in verwirrendem Schema ablaufenden Arbeitsgänge der ernsthafte Verdacht, sich falsch entschieden zu haben. – Und erlebte schon wenige Augenblicke später auf eiskalte Weise, daß es so war.

Statt der von ihnen erhofften Arbeit in warmen Hallen, trieb man sie wieder auf den ausgedehnten Hof der Fabrik, in die eisige Kälte hinaus und befahl ihnen, die von hohem Schnee bedeckten Gußteile für die Fertigung von Eisenbahnwaggons freizulegen und sie auf zweirädrigen Handkarren an die Orte ihrer Weiterverarbeitung zu transportieren. – Eine Arbeit, die wegen ihrer stupiden Einförmigkeit kaum noch von einer anderen Tätigkeit an Geistlosigkeit zu unterbieten war.

Von einer ihm nichts mehr helfenden Reue erfüllt, sich freiwillig zu diesem Kommando gemeldet zu haben, wurde Helge, während er in stetiger Folge eiskalte Metallteile hin und her bewegte bewußt, daß er für seine selbst getroffene Entscheidung keine Hilfe von seinen wenigen Freunden im Lager bekommen würde, er sein sich selber geschaffenes Desaster bis dessen Ende durchstehen mußte.

Wie von einer schweren Last befreit, vernahm Helge eines Tages von seinem Zugführer, daß sie nach den langen Wochen der Arbeit in Kälte, Schnee und Eis am gerade vergangenen Tag ein letztes Mal das schon weich gewordene Eis der Wolga überquert hatten, es über Nacht in große Schollen zerbrochen und nun träge den Fluß hinunter trieb, ihnen nicht nur den Weg zur Arbeit versperrte, sondern damit das ganze Kommando beendet war.

Obwohl Helge den Wunsch verspürte den Oberfeldwebel für seine Botschaft zu umarmen, hielt sich seine Freude in Grenzen, weil er wußte, daß unmittelbar auf ein beendetes, ein anderes, vielleicht noch schlimmeres Kommando auf sie zukommen konnte.

Kannakowo 1947

Als erstes erblickte Helge den weit über das Land sichtbaren, wie als Wegweiser für unkundige Reisende dienenden Zwiebelturm einer auf einer Anhöhe aus Steinen errichteten Kirche, in der schon seit langem keine liturgischen Gesänge mehr erklungen waren, sie längst, wie Tausende andere Kirchen im Lande auch, von den Sowjets entweiht, zu ordinären Warenlagern für malenkij Riba (kleine in Fässern gelagerte Fische), Hirse, Graupen, Kapusta und viele andere Produkte umfunktioniert waren, ein Anblick, den Helge von anderen Orten her kannte.

Wie auch das Bild der Stadt, deren verschieden große, aus Holzstämmen errichtete, mehr oder weniger reich verzierte Häuser deutlich die Einteilung in eine besitzende und eine arme, unterdrückte Masse aufzeigte, einen Klassenunterschied offenlegte, den es in der von Stalin propagierten Gesellschaft von Gleichheit hätte nicht geben dürfen, aber doch gab.

Von den wenigen, sich auf der Straße bewegenden Passanten kaum beachtet, rollte ihr Lastwagen durch die wie ausgestorben wirkende Stadt, an dem einzigen steinernen Haus, dem Sitz des KGB und der Stadtverwaltung vorbei und am anderen Ende der Stadt aus ihr hinaus, direkt auf eine, nur wenige hundert Meter entfernt liegende Porzellanfabrik zu, aus deren zwei hoch in den Himmel ragende Schornsteine leichter, sich im Wind kräuselnder, eine friedliche Stimmung zaubernder Rauch aufstieg.

Obwohl Helge vom Drang beherrscht, so schnell als nur möglich zu ergründen was ihn und seine Kameraden hier erwartete, zügelte er, wegen der schon späten Stunde seine Neugier und richtete, wie auch seine Kameraden es taten, in der für sie leer geräumten, ihnen für die nächsten Wochen und Monate als Wohnstatt dienenden kleinen Halle ein Lager für sich.

Helge, der längst an die unterschiedlichsten Gegebenheiten in den verschiedensten Lagern gewöhnt war, wunderte sich weniger darüber, daß er gut geschlafen hatte, sondern viel mehr, daß der erste Tag auf ihrer neuen Arbeitsstelle sich ganz anders darstellte, als er es von anderen Kommandos her kannte.

Nicht wie sonst von Offizieren und Natschalniks, deren ganzes Handeln von ideologischem Denken und mit parteipolitischen Parolen, wie der Erfüllung von Normen und irgend eines verrückten Fünfjahresplanes bestimmt war, zur Eile getrieben, betraten zwei Männer und eine junge Frau den Raum, die es absolut nicht eilig zu haben schienen.

An eine allmorgendliche Hektik gewöhnt, starrten die Gefangenen verwirrt auf die drei Zivilisten bei der Tür. – Mit einem Gefühl von Ablehnung und Neid musterte Helge die beiden, in graue Anzüge gekleideten Männer und die junge Frau im blauen Kleid, deren Garderobe, wegen ihrer schlichten Eleganz zu jedem Empfang in einer großen Stadt gepaßt hätte, nicht aber in diese armselige Umgebung.

Erst viele Tage später erkannte Helge beschämt, daß sich diese gebildeten, auch in eine Art von Verbannung geschickten Menschen, mit ihren kunstvoll geformten Skulpturen, grazilen Tanzpaaren, Engeln, Elfen und Schwänen, trotz vieler Schwierigkeiten, einen hohen Grad der von den Sowjets zerstörten Kultur zu erhalten versuchten.

Noch hatte er von dem allen keine Ahnung. In gespannter Erwartung, was weiterhin geschehen würde, beobachtete Helge die drei Menschen neben der Tür.

Während die Frau und der jüngere der Männer auf ihrem Platz verharrten, trat der Ältere auf die kleine Schar der sich inzwischen zur Gruppe formierten Gefangenen zu, hob wie um Gehör bittend, eine unnötige Geste, die Hand und sagte ruhig in gebrochenem, aber gut verständlichem Deutsch:

„ Man hat nicht nur mich vor langer Zeit, sondern nun auch Sie in dieses Werk geschickt, um für den russischen Staat mit fleißigem Einsatz und all unserer Kraft etwas nützliches zu schaffen." – Was soll der Unsinn, dachte Helge, während er weiter zuhörte. – „Sie und ich wissen, daß wir uns nach Wochen, oder erst nach Monaten wieder trennen werden und darum wünsche ich mir, daß wir während der Zeit unserer Zusammenarbeit menschlich ", abrupt brach er seine Rede ab, als wäre ihm plötzlich in den Sinn gekommen, daß das Wort „ menschlich „ nicht nur Rücksichtnahme, Fürsorge, Achtung und Nächstenliebe beinhaltete, sondern auch Haß und Neid

Diskriminierung und Verfolgung von Menschen anderer Hautfarbe, anderer Denkweisen und Religionen, bis hin zu deren Tod. – Er strich sich, wie unangenehme Gedanken auslöschend über die Stirn: „ Nein, nicht menschlich! – Wir sollten vor allen Dingen anständig miteinander umgehen."

Einen kleinen Moment musterte er die vor ihm stehenden, als wolle er prüfen, wie seine Ansprache gewirkt hatte. Plötzlich drehte er sich um und forderte die im Raum Anwesenden, ihnen die Fabrik und ihre Arbeitsplätze zu zeigen auf, ihm zu folgen.

Assistiert von seinen beiden Begleitern, führte sie der das Werk leitende Natschalnik , er hatte sich als solcher bekannt, als erstes zu den großen, runden Kammern, in die hunderte von mit Schüsseln, Tellern, Tassen und anderem Geschirr gefüllte, runde Tonbehälter, ihren Inhalt zu Porzellan erhärtendem Brennen, gestapelt und nachdem sie bis an die Öffnung bestückt, zugemauert werden mußten.

Unmittelbar darauf führte er sie nicht nur zu den, die Keller der Fabrik einnehmenden Öfen, von denen aus die über ihnen liegenden Brennkammern zu beheizen waren, sondern auf den großen Hof der Fabrik.

Helge begann langsam daran zu glauben, daß es anscheinend in der Sowjetunion kein anderes Heizmittel, weder Holz noch Kohle gab, als Torf, als er den riesigen Berg dieses Brennmaterials erblickte.

Unwillkürlich, sich dessen gar nicht bewußt, schickte Helge ein Gebet mit der Bitte, ihn von der Arbeit mit dem ihm verhaßten Torf zu entbinden in den Himmel. – Wer aber sollte dieses Gebet in einem Land noch erhören, in dem man sogar Gott in die Verbannung geschickt hatte.

Helge merkte schnell, daß sein Gebet von niemand erhört war, als er im Kreis seiner Kameraden während der folgenden Wochen und

Monate, in gleichbleibendem Rhythmus, sich in ihrem Ablauf ständig wiederholende Arbeiten verrichten mußte: - Das Bestücken und Verschließen der großen Brennkammern, die Hast, mit der seine Kameraden und er, die erforderlichen Temperaturen in den Kammern hoch zu halten, in ununterbrochener Folge die mit Torf beladenen Tragen zu den Öfen schleppten und ihre Last durch heiße, nur schwer zu öffnende, große Klappen in ein Meer von Hitze erzeugende, hoch auflodernde Flammen versenkte.

Helge hoffte jedes Mal, nach Tagen voller Mühen vergebens auf einige Tage der Ruhe, als das Beheizen eingestellt wurde, die Flammen in den Öfen gelöscht wurden.

Solche Gedanken und Überlegungen waren den sie beaufsichtigenden Russen fremd. – Ihnen bedeuteten die Worte ihres Natschalniks, vom anständig miteinander Umgehen nichts. Sie waren nur an einer Übererfüllung der, von Branchenfremden Politoffizieren aufgestellter Normen interessiert, die ihnen ein höheres Einkommen versprachen.

Das war für die Russen Grund genug, den Gefangenen schon am nächsten Tag zu befehlen, die zugemauerten Öffnungen in den noch immer große Hitze ausstrahlenden Kammern aufzubrechen, damit die nun in sie einströmende, kalte Luft die im Innern der Kammern hohen Temperaturen möglichst schnell auf ein erträgliches Maß sanken, damit Menschen ohne körperliche Beeinträchtigungen darin arbeiten konnten.

Was für verantwortungsvolle Unternehmer noch eine unzumutbare, für die Russen aber schon erträgliche Temperatur zum leeren der Kammern war, erfuhren Helge und seine Kameraden, als sie kurze Zeit später mit dem Ausräumen der Kammern beginnen mußten.

Damit sich keiner von ihnen lange Zeit in der Hitze aufhalten mußte, bewegten sie sich, wie es die Ameisen auf ihren Waldwegen

163

taten, in einer langen Reihe hintereinander durch die Kammer, er-
griffen eines der mit Schüsseln, Tellern und Tassen gefüllten, noch
immer heißen Schamottgefäße und eilten so schnell es nur ging
wieder hinaus, ihre Last auf dem Hof der Fabrik zum endgültigen
Abkühlen zu stapeln.
Obwohl sie zum Schutz mit Handschuhen ausgerüstet waren, kam
es doch immer wieder zu Verbrennungen an Händen und Armen, die
bei einigen der Gefangenen so schwerwiegend waren, daß sie, diesen Umstand noch Glücksfall empfindend, ihre Arbeit nicht mehr
fortsetzten konnten.
Wie oft Helge während der folgenden Monate, gemeinsam mit seinen Kameraden Öfen beheizt, Brennkammern mit Töpfen aus Scha-
mott bestückt und nach einigen Tagen wieder ausgeräumt hatte,
wußte er nicht mehr zu sagen. – Doch das Gefühl der Erleichterung,
als der Befehl zur Rückkehr ins Hauptlager kam, von einem anfangs
leichten, sich später zum Alptraum entwickelnden Einsatzes erlöst
zu sein, erfüllte ihn noch, als er nach vielen Stunden Fahrt im
Hauptlager unbeholfen, mit steif gewordenen Gliedern vom Lastwagen stieg.

Kalinin. - Winter 1947-1948

Das frohe Gefühl, daß Helge noch bei der Ankunft im Hauptlager
empfunden hatte, verließ ihn schnell. Obwohl er gehofft, daß sich
während der langen Zeit seiner Abwesenheit einiges zum Besseren
gewandelt, hatte sich kaum etwas am tristen, in gleichem Rhythmus
ablaufenden Lagerleben geändert.

Weil die Arbeiten auf den Baustellen wegen der zunehmenden Kälte langsam eingestellt wurden und es für sie nichts anderes zu tun gab, machten viele Plennijs, auch Helge, wieder die Arbeiten, die sie auch in den vergangenen Wintern verrichten mußten.

Trotz widrigster Wetterbedingungen zogen sie nun wieder täglich, oft von spöttischen, erniedrigender Ausrufe junger Russen bedacht, mit Schaufeln und Schneeschiebern ausgerüstet in die Stadt, um Bahnhof und die Gleise, Straßen und Plätze von sich hoch türmendem Schnee zu befreien. – Eine Arbeit, die wegen ihrer stupiden Gleichförmigkeit die bei vielen der deutschen Gefangenen vorhandenen Depressionen vertiefte, die Gefahr eines Suizids, wie er immer wieder einmal vorkam, noch erhöhte.

An so etwas hatte Helge noch nicht ein einziges Mal gedacht. – Er hatte das, was viele der Gefangenen auf das Schwerste belastete, die Gedanken an die Heimat und die Familie, von der auch er über zwei Jahren nichts mehr gehört, aus seinem Kopf verdammt. – Mechanisch, wie ein seelenloser Roboter erledigte Helge in stoischem Gleichmaß seine ihm aufgetragenen Arbeiten, während seine Gedanken nur damit beschäftigt waren, wie er am besten die sibirische Kälte überstehen und auf irgend eine Weise seinen ihn ständig plagenden Hunger stillen könnte.

Diese Gedanken schwanden, als der Winter zu Ende ging, die immer höher steigende Sonne letzten Schnee aufleckte, Helge voller Sorge daran dachte, was in der Zukunft an Arbeit auf ihn zukommen würde. – Die Antwort kam schnell!

Kaum hatten seine Kameraden und er die letzten Reste, des zu Matsch gewordenem Schnee in der Stadt entfernt, saß er auf einem der beiden Lastwagen, die fünfzig deutsche Gefangene zum Holzfällen an einen namenlosen Ort direkt an der Wolga bringen sollten.

Keiner von den in einer, in der Gefangenschaft antrainierten, fatalistischen Ruhe auf der Ladefläche der Lastwagen hockenden Gefangenen wußte später zu sagen, wie lange die Fahrt über die schnurgerade, wie in eine ungewisse Zukunft führenden Straße durch einen in ein zartes Grün erster aufbrechender Knospen getauchten, sich weit dehnendem Wald vergangen war, als die Lastwagen auf einer weiten Lichtung am Ufer der in majestätischer Ruhe dahin fließenden Wolga stoppten.

Mit vom unbequemen Sitzen steif gewordenen Gliedern, richtete Helge sich auf und sah, seine Neugier zu stillen, über die Wandung des Lastwagens. Das Erste was er erblickte, waren fünf mit Kalaschnikows bewaffnete alte Männer, die so gar nichts von der Freundlichkeit und dem Charme Kinder verwöhnender Opas ausstrahlten.

Mit grimmiger Entschlossenheit eine Grenze gegen die Feinde ihres Staatswesens bildend, hatten sie sich zwischen dem ersten, für die deutschen Plennijs frei gemachten und den sechs anderen, von russischen strafverschickten Frauen, von denen die deutschen Gefangenen noch nichts wußten, bewohnten Blockhäusern postiert.

Helge fragte sich verwundert, als er, dazu aufgefordert vom Lastwagen stieg und sich dem Haus näherte, in dem noch vor kurzem russische Frauen nach harter Arbeit ausgeruht hatten, wie diese alten Ideologen wohl ihre Abgrenzung ohne einen nicht vorhandenen Stacheldrahtzaun auf Dauer durchsetzen wollten?

Sogleich aber waren diese Gedanken aus seinem Kopf, weil es für ihn nun nichts wichtigeres gab, als im Haus einen der im Winter verpönten, im Sommer aber von allen heiß begehrten Schlafplätze in der Nähe eines Fensters zu erlangen. – Helge, der in der Gefangenschaft gelernt hatte, sich gegen starke Konkurrenz durchzusetzen, eroberte sich einen dieser Plätze.

Die leisen, in aller Frühe von den beiden deutschen Köchen bei der Zubereitung einer Mahlzeit für ihre Kameraden verursachten Geräusche, weckten Helge aus dem Schlaf. – Jeden Laut vermeidend, erhob er sich, richtete seine Schlafstelle, zog die Wattejacke, die ihm während der Nacht als Zudecke gedient hatte an und schlich aus dem Haus.

Soviel Fanatismus hatte er nicht erwartet, als er zwei der schon am Vortag gegen sie Front machenden, alten Russen erblickte, die nun zu verhindern versuchten, daß die deutschen Gefangenen mit den nur spärlich bekleideten, von ihrer Morgenwäsche am Fluß zu ihren Unterkünften zurückeilenden Frauen in Kontakt kamen.

Ohne die zornig, warnenden Blicke der alten Männer zu beachten, schritt Helge an der Hauswand entlang, setzte sich auf eine dort stehende Bank und betrachtete, alles andere um sich vergessend, mit verzücktem Gesicht die kaum verhüllten Körper der vielen, meist jungen Frauen, von denen einige, als sie ihn bemerkten, ihren Schritt verlangsamten, stehen blieben, um ihn einen Augenblick abschätzend zu mustern, bevor sie ihren Weg in ihre Unterkünfte fortsetzten.

Obwohl Helge von den alten Männern mehrmals zornig aufgefordert war wieder ins Haus zu gehen, blieb er auf der Bank sitzen und sah mit verträumtem, sehnsuchtsvollen Blick zu den Häusern der Frauen hinüber.

Er ahnte nicht, daß ihn vielleicht nur der Knall der heftig aufgestoßenen Tür und seine aus dem Haus drängenden Kameraden davor bewahrten, von einem der beiden wütenden Russen erschossen zu werden, weil er deren Befehle nicht befolgt hatte, wie es schon einige Male vorgekommen sein sollte.

Helge folgte seinen Kameraden, die , wie es zuvor die Frauen getan, zum nahen Ufer der Wolga eilten, um sich zu erfrischen.

Wieder beim Haus, aß Helge den kleinen Rest von der am Vortag erhaltenen vierhundert Gramm Tagesration Brot, trank noch einen Schluck Tee, den ihr Koch in dem kleinen, zur Küche umfunktionierten Hausanbau zubereitet hatte und trat mit seinen Kameraden zum von ihrem einzigen Posten, der ständig in Sorge war, daß einer von ihnen geflohen sein könnte, morgens und abends durchgeführten Zählappelle vor dem Haus an.

Noch während der Prozedur des Zählens war Helge ein braungebrannter, hochgewachsener etwa 45-50 Jahre alter Mann aufgefallen, der wie gelangweilt gegen die Hauswand gelehnt zu ihnen herüber sah, sie wie taxierend musterte.

Helge fragte sich, was der Unbekannte für ein Interesse an ihnen hatte, zumal er schon wegen seiner äußeren Erscheinung nicht das übliche Schema der Menschen paßte, mit denen sie es in diesem Land bisher zu tun hatten.

Er war mit einem gut geschnittenen, grünen Anzug, mit auf Hochglanz polierten Braunen Stiefeln und mit einem Hut bekleidet, wie Helge es nur bei den Jägern in seiner Heimat gesehen hatte. – Auch das Gewehr, daß er sich lose über eine der Schultern gehängt hatte, war nicht die allgemein benutzte Kalaschnikow, sondern ein Drilling, eine Jagdwaffe, von der Helge geglaubt, daß es so etwas hier nicht gab.

Noch bevor sich ihre Kolonne auflösen konnte, trat der Unbekannte auf sie zu, stellte sich mit einem beinahe akzentfreiem Deutsch als Fedor Stankow vor und erklärte ihnen, daß er sie während der kommenden Zeit als ihr Chef nicht nur in die zu leistenden Arbeiten einweisen würde, ihnen auch helfen würde, wenn sie nicht zurecht kommen sollten.

Außer ihrem, das Kommando führenden Hauptfeldwebel und die zwei Köche, sortierte der Förster, wie er nur noch genannt wurde, noch acht der Schwächsten aus und teilte sie zum schärfen der Sägen, Beile und Äxte ein. Die restlichen Gefangenen teilte er in dreizehn Trupps von je drei Männer, rüstete jedes der Teams mit einer Schrotsäge, zwei Äxten und einem Beil aus und führte sie tief in den Wald.

Mit einem kleinen Beil markierte der Förster die Eckbäume einer, eine lange Reihe bildender quadratischer, jeweils zwanzig mal zwanzig Meter messenden Fläche, auf denen Helges und die anderen Trupps nun jeden Baum fällen, ihn mit ihren Äxten von seinen Ästen befreien, den Stamm und die dicken Äste in ein Meter lange Stücke zersägen und am Rand der entstandenen baumlosen Schneise aufstapeln mußten.

Es dauerte einige Tage, bis Helge sich an die strapaziöse Arbeit gewöhnt hatte. – Schon bald aber waren ihm die harten Axthiebe beim Einkerben des Baumes dicht über der Wurzel, das leise Rauschen und Singen der von ihnen in gebückter Haltung hin und her gezogenen, sich durch den Stamm fressenden Säge, die durch den Wald schallenden, warnenden Rufe „ der Baum kommt „ und das laute splitternde, wie einen letzten schmerzhaften Schrei sich anhörende Krachen des auf den Boden stürzenden Baumes zu Gewohnheit geworden.

Hatte Helge anfangs, mit dem Willen die von ihnen geforderte Norm zu erfüllen, mit aller Kraft auf die ihnen zugeteilten Bäume eingeschlagen, gewann er plötzlich mit zunehmender Routine immer mehr Zeit und nahm sich vor, die Schönheiten und den Reichtum des noch unversehrten, sich weit um ihn dehnenden Waldes zu entdecken.

Ermutigt davon, daß sie seit einigen Wochen kaum noch überwacht wurden, verließ Helge während einer Pause seinen Arbeitsplatz und drang in den immer dichter werdenden Wald ein.

Schon nach wenigen hundert Metern gelangte er auf eine Lichtung, deren Boden von dort üppig wuchernden Blaubeeren überwuchert war. Helge ließ sich auf die Knie nieder und hatte, sich kaum von der Stelle bewegend, innerhalb weniger Minuten sein Kochgeschirr mit Beeren gefüllt. Er erhob sich, sah sich noch einmal aufmerksam um und kam zu der Überzeugung, daß es sicher noch viele andere Früchte in diesem Wald gab, die nicht nur ihm, sondern auch seinen Kameraden zum Überleben von Nutzen sein könnten.

Während Helge, von diesen Gedanken erfüllt, bei seinen folgenden Exkursionen immer tiefer in den Wald eindringend, viele Meter hohe Brombeer- und Himbeerhecken entdeckte, deren Früchte größer waren als die ausgereifter Kirschen, kam es immer öfter zu einer zufälligen, später gewünschten Begegnung mit einer der straf verschickten jungen Frauen, die wohl in ihrer freien Zeit das Gleiche gewinnen wollte wie er.

Wie zueinander gezogen trafen sie sich in immer kürzeren Abständen. – Die von Irina, so hatte sie sich benannt, und Helge noch gewahrte Distanz schrumpfte schneller, als Schnee in der Sonne. Erste, wie zufällig wirkende Berührungen nahmen zu, wurden schon bald, den anderen ganz nahe zu fühlen, bewußt herbeigeführt.

An die Gefahr, für immer in die Verbannung nach Sibirien geschickt zu werden, wenn einer der Natschalniks die Liebe zwischen einem deutschen Kriegsgefangenen und einer straf verschickten russischen Frau entdeckte, dachten beide nicht, als sie sich das erste Mal küßten.

Schon bald genügten ihnen die immer leidenschaftlicher gewordenen Küsse nicht mehr, begannen ihre kühner werdenden Hände ihre zueinander drängenden Körper zu erforschen. – Sich gegenseitig helfend, entledigten sie sich hastig ihrer Kleidung und sanken eng umschlungen auf den Waldboden hinab.

Beim Anblick von Irinas schönen Brüsten und ihren weit geöffneten, wie sehnsüchtig wartenden Schenkeln, konnte Helge sich nicht mehr zurückhalten. – Sie einige Male liebevoll berührend, drang er in sie ein und erlebte sogleich einen, ihm die Sinne raubenden Ausbruch von Gefühlen, als er das Beben und Aufbäumen ihres Körpers spürte, er lustvoll ausgestoßene, ihm unverständliche Worte vernahm. Er merkte nichts von ihren sich tief in seinen Rücken bohrenden Fingernägeln, als sie gemeinsam den Höhepunkt erreichten, er sich in sie ergoß.

Nach einem letzten liebevollen Streicheln, zogen sie sich hastig an und eilten, noch schnell ein neues Treffen verabredend, an ihre Arbeitsplätze zurück.

Obwohl Helge, als auch Irene wußten, daß es für sie keine gemeinsame Zukunft geben konnte, liebten sie sich vielleicht gerade deswegen bei jedem ihrer heimlichen Treffen in den folgenden Monaten mit einer Intensität, als wäre es das letzte Mal ihres Beisammenseins.

Beinahe unbemerkt waren die Tage kürzer geworden. Die ersten, sich in herbstliche Farben sich wandelnden Blätter im Grün des Waldes zeigten nicht nur an, daß der Sommer zu Ende ging, sondern schufen in Helge die Gewißheit, daß die Liaison mit Irina nur noch von kurzer Dauer sein würde. – Und schon wenig später schien sich seine Ahnung zu bestätigen.

Weil die meisten der deutschen Gefangenen und russischen Frauen mit Aufräumungsarbeiten und nur noch einige der Kolonnen mit dem Fällen von Bäumen beschäftigt waren, sahen Helge und Irina sich oft nur von Weitem, fanden sie nur noch ganz selten eine Gelegenheit sich zu treffen.

Schneller als Helge es erwartete, kam das Ende ihrer Beziehung. An einem trüben, dunklen Tag begannen Helge und seine Kamera-

den in aller Eile ihre wenige Habe von ihren Schlafstellen zu räumen und auf zwei in der Nacht angekommenen Lastwagen zu ver-
stauen.

Erst auf dem rollenden, dem Hauptlager zustrebenden Lastwagen
kam ihm Irina in den Sinn. Wird sie auch die gleiche Trauer emp-
finden wie ich dachte Helge, wenn sie entdeckte, daß das Haus leer
war, er für immer aus ihrem Leben verschwunden war?

Kalini, 1948-1949

Lange noch hatten Helge die Gedanken an Irina gequält. Nur langsam hatte er akzeptiert, daß ihre Begegnung nur eine kurze, aber
schöne Episode gewesen, die nun für immer zu Ende gegangen, nur
als Erinnerung blieb.

Als sie am späten Nachmittag ihr Ziel erreichten, war sein Schmerz
abgeklungen, galt seine ganze Aufmerksamkeit der momentanen
Situation.

Schon als sie das Tor zum Lager passierten bemerkte Helge, daß
sich während ihrer Monate langen Abwesenheit vom Lager einiges
verändert hatte. – Aus den sonst von den Posten mit peinlichster
Genauigkeit durchgeführten Suche nach verbotenen Gegenständen
in den Taschen der Gefangenen, war ein oberflächliches Abtasten
geworden, daß meistens sogar ganz unterblieb. Es schien so, als
wäre es den Russen, aus welchen Gründen auch immer egal, was
die Deutschen ins Lager schleppte.

Helge dachte nicht weiter über das merkwürdige Verhalten der
Russen nach. Er empfand es als ein glückliches Omen, als man ihm

eine Pritsche in unmittelbarer Nähe seiner einstigen Schlafstelle zuwies. Daß ersparte ihm die Zeit der Anpassung an eine neue Umgebung.

Nach nur einem Tag der Ruhe, strebten Helge und seine Kameraden wieder zur Arbeit auf den Baustellen in der Stadt. Im Arbeitsablauf hatte sich dort nichts geändert. Noch immer wurden sie von den Natschalniks dazu getrieben, die ihnen vorgegebenen Normen zu erfüllen. Geändert hatte sich nur, daß die Russen sie plötzlich mit Kamerad ansprachen, und nicht mehr abschätzig „ he, sluschij „ (he, hör zu) hinterher riefen, wenn sie ihnen etwas zu sagen hatten, ihnen neue Aufträge erteilten. – Das erleichterte aber Helge und seinen Kameraden die Arbeit nicht.

Er war froh, wenn er am Nachmittag wieder ins Lager zurück kehren konnte, obwohl ihn dort nur der ewig gleich bleibende Rhythmus von Handlungen und eine den Geist abstumpfende Langeweile erwartete.

Nachdem er die tägliche, dünne Suppe im großen Speisesaal eingenommen, er seine vierhundert Gramm Brot empfangen und den von den Russen mehrmals wiederholten Zählappell hinter sich gebracht, begann für Helge der tristeste Teil des Tages.

Der von den Kameraden ständig in gleicher Form vorgetragenen, sehnsüchtigen Geschichten von der Heimat und ihren Angehörigen überdrüssig, strich Helge oft Stunden lang, wie ein Raubtier im Käfig, am Stacheldrahtzaun hin und her und blickte, mit dem Wunsch in einem der jenseits des Zaunes stehenden Häuser zu sein, auf die warmen, aus deren Fenster zu ihm herüber strahlenden Lichter.

Der erneut beginnende Winter zwang Helge die langen, unausgefüllten Abende nun wieder im Haus zu verbringen. Doch dieses Mal, es war wie eine Erlösung, dauerte die nur schwer zu ertragende Langeweile nur kurze Zeit.

Deren Leidenschaft für dieses Spiel schamlos nutzend, war es der deutschen Lagerleitung gelungen, die Russen dazu zu bringen, zwei Dutzend Schachspiele für die Gefangenen zu organisieren. – Und nun saßen an den Abenden, von einer großen Schar Neugieriger umlagert, regelmäßig zwanzig bis fünfundzwanzig Gefangene an den Tischen und erlernten die hohe Kunst des Schachspiels.

Helge, der auch gerne an einem der Bretter gesessen, hatte keine Chance sich gegen die große Zahl derer durchzusetzen, die sich, nicht das Spiel zu erlernen, sondern nur die langen Abende zu füllen, um einer der begehrten Plätze beworben hatten.

Frustriert von der Erfolglosigkeit seiner Bewerbung, strich Helge durch die beinahe leeren Gänge des Hauses und begegnete in der Nähe der Toiletten ganz unerwartet Felix, dem deutschen Küchenchef des Lagers.

Der schien nicht überrascht Helge zu sehen. Er blickte ihn prüfend an und sate befriedigt:

„ Ich habe geahnt, daß Dir das Kommando im Wald gut tun würde.“

Der Wald hat mir auch Schmerz gebracht, dachte Helge verbittert, als ihm Irina in den Sinn kam, fragte aber freundlich:

„ Woher wußtest Du, daß ich an die Wolga geschickt worden war?“

In Felixs Gesicht kam ein verschmitztes Lächeln:

„ Ich habe Dir doch gesagt, daß ich einigen Einfluß habe.“

Helge, dem sofort ein Gedanke gekommen, konnte seine Worte nicht zurückhalten:

„ Wenn das so ist, wirst Du mir sicher auch einen Platz an einem der Schachbretter und einen guten Lehrer beschaffen können? – Ich hätte dieses Spiel gerne gelernt.“

„ Wenn Du das willst, werde ich mich darum kümmern “, Felix tat so, als hätte er dieses Problem schon gelöst, „ aber nun erzähle mal, wie es Dir im Wald ergangen ist."

Helge schilderte kurz, daß die Arbeit zwar hart, dafür aber das Essen, wegen der vielen, dort zu findenden Früchte und Pilze besser gewesen, als hier im Lager. – Daß er wegen Irina gerne noch länger dort geblieben wäre, sagte er nicht.

Der Vergleich des Essens schien Felix getroffen zu haben – Barsch fuhr er Helge an:

„ Was soll dieser Vergleich? – Ich versuche aus den mir angelieferten Produkten das Beste für Euch zu machen. – Mehr geht nicht!"

Helge hob beschwichtigend die Hand:

„ Das war keine Kritik an Dir. Ich habe nur geschildert, was war ", um vom Thema abzulenken, fragte er, „ was ist eigentlich in die Russen gefahren, daß sie uns diesen Freizeitspaß gewähren?"

Felix zuckte mit den Schultern:

„ Ich hab' keine Ahnung. – Das ist aber noch nicht alles ", er schüttelte wie ungläubig den Kopf, „ es soll noch eine kleine Kapelle gebildet und richtige Musikabende veranstaltet werden."

„ Ich kann mir nicht gut vorstellen, daß die Russen das aus einer plötzlich entdeckten Liebe zu den Deutschen tun ", sagte Helge ironisch, „ da muß noch irgend etwas anderes dahinter stecken."

Felix sah ihn nachdenklich an:

„ Vielleicht hat es etwas mit den in der Stadt kursierenden Gerüchten zu tun, daß das Lager aufgelöst werden soll."

„ Meinst Du, daß wir in die Heimat entlassen werden, Felix?"

„ So weit gehen meine Erwartungen nicht, Helge. – Ich fürchte, wenn es wirklich zur Auflösung kommt, daß man uns auf andere Lager verteilen wird. – Es gibt in diesem Land so unendlich viele davon." Er klopfte Helge aufmunternt auf die Schulter: „ Zerbrich

Dir deswegen nicht den Kopf. Irgend etwas wird schon geschehen, warten wir es ab." Felix wendete sich um, rief über die Schulter zurück „ Du hörst von mir „ und verschwand in Richtung der Küche.

Helge kehrte in den großen Saal zu den Schachspielern zurück und sah diesen, ohne recht zu begreifen bei ihrem Spiel zu. In seinem Kopf waren tausend andere Gedanken.

Wie schon die drei Vergangenen, war auch dieser Winter, wegen der eisigen Kälte und der in die Haut schneidenden, scharfen Winde mit den gleichen Flüchen und Verwünschungen bedacht, zu Ende gegangen.

Nun zogen die Gefangenen nicht mehr zum Schneeräumen in die Stadt, sondern ihre Arbeit auf den über Winter still gelegten Baustellen wieder aufzunehmen.

Erst nur verstohlen, doch in den kommenden Wochen immer öfter, hörte Helge von den die Wände verputzenden russischen Frauen die ihn aufmunternden Worte „tschast budet, skoroi damoi „ (bald geht es ganz schnell nach Hause), wenn er sich, einen kurzen Moment auszuruhen, gegen eine der Wände lehnte.

Helge glaubte kein Wort davon. Er hielt es für eines jener Gerüchte, die immer wieder einmal in den Lagern kursierten, sich am Ende dann aber doch nur als eine, in den Köpfen einiger Gefangenen entstandenen, phantastischen Geschichten entpuppte.

Neben den nun regelmäßig stattfindenden Schachturnieren und Musikveranstaltungen war noch eine andere, kaum beachtete Veränderung im Lager vor sich gegangen.

Die meisten der Gefangenen, die einen Holz verarbeitenden Beruf erlernt hatten, arbeiteten nicht mehr auf den Baustellen, sondern stellten Schränke, Tische und Stühle her. Ein Mobiliar, daß im Lager niemand benötigte. Auch die Schneider unter den Gefangenen, die sonst nur mit Flickarbeiten beschäftigt, nähten ununterbrochen

Maßuniformen für höhere Offiziere und die die Stadt verwaltenden
Sowjets. – Es war, als wolle noch jeder der Einfluß besitzenden
Russen, später nicht mehr zu verwirklichende Dinge aus einer
Quelle schöpfen, die bald für immer versiegen würde.

Das alles war aber für Helge kein Grund den immer wieder gehörten Worten von einer baldigen Heimkehr zu glauben, mit der
kaum noch jemand der Plenij's rechnete, die sich längst mit einer
langen Zeit in der Gefangenschaft abgefunden hatten.

Es war Sommer geworden und nun begann auch Helge, obwohl
noch immer von letzten Zweifeln erfüllt daran zu glauben, daß an
den Grüchten von einer baldigen Heimkehr etwas Wahres sein
könnte, als sie am Tor des Lagers nicht mehr gefilzt wurden, ihnen
die sonst radikal von Kopf und Körper abrasierten Haare nicht mehr
entfernt wurden.

Obwohl keiner der Gefangenen noch einen Sinn darin sah, wurde
noch einmal eine Untersuchung durchgeführt, an der jeder im Lager, auch die deutsche Lagerleitung teilnehmen mußte. Mit hoch
über den Kopf erhobenen Armen zog die Kolonne vollkommen
nackter Männer an vier Ärztinnen und drei Männern in Zivil vorbei,
deren gleiche, dunkle Anzüge zu erkennen gaben, daß sie dem
KGB, dem russischen Staatssicherheitsdienst angehörten.

Während sich jeder von ihnen langsam im Kreis vor ihnen drehen
mußte, wurden sie von den Frauen und den drei Männern gründlicher gemustert, als man es jemals getan hatte. – Es war so, als
suchten sie nach bestimmten Zeichen und Malen an ihren Körpern.

Schon am nächsten Tag breitete sich die Nachricht aus, daß die
drei Männer des KGB nach untergetauchten SS-Männern Ausschau
gehalten und anscheinend auch welche entdeckt hatten, denn plötzlich waren einige ihrer Kameraden aus dem Lager verschwunden
und in ein Anderes, wahrscheinlich eines in Sibirien verbracht.

Lange hielt der Schock über die, von Helge als Willkür empfundene Maßnahme nicht an, als sich an den nun beginnenden Aktivitäten abzeichnete, daß ihre Gefangenschaft zu Ende ging.

Während ein Arbeitskommando damit begann die Waggons eines auf dem Bahnhof stehenden Güterzuges mit Feldküchen und mit Stroh bedeckten Pritschen auszurüsten, war ein anderes Kommando damit beschäftigt den inneren der beiden, das Lager von der Stadt trennenden Stacheldrahtzäune zu demontieren.

Und nun überstürzten sich die Ereignisse förmlich. – Einstmals darauf bedacht ihre Gefangenen möglichst lange in ihrem Gewahrsam zu behalten, schien es plötzlich, als könnten sie diese nun nicht schnell genug los werden.

Hastig in saubere, fast neue Uniformen gekleidet, trat Helge im Kreis seiner Kameraden, an einem früher Morgen, er konnte sich an den Tag nicht mehr erinnern, den lang' herbeigesehnten Rückweg in die Heimat an.

Beinahe die ganze Einwohnerschaft von Kalinin schien sie zu begleiten, als sie mit wie neu geübtem Gleichschritt durch die Stadt zum Bahnhof marschierten, sich der Zug, vom Winken und von guten Wünschen begleitet in Bewegung setzte.

Helge, der sich einen Platz an der offenen Waggontür gesichert hatte, blickte auf die große Schar der kleiner werdenden, langsam verschwindenden, ihm wegen ihrer oft gezeigten Hilfsbereitschaft sympathisch gewordenen Menschen zurück, sah mit einem Gefühl von verhaltener Trauer auf die letzten, an ihnen vorüber ziehenden, an deren Rand liegenden Holzhäuser der Stadt, die ihm, trotz der in ihr erfahrenen Mühen und Qualen, doch so etwas wie eine zweite Heimat geworden war.

Mit dem Wissen, daß er weder die Stadt, noch die in ihr lebenden Menschen jemals wiedersehen würde, zog sich Helge, den Platz an der Waggontür einem seiner Kameraden überlassend, auf seine Pritsche zurück und begann voller Hoffnung von einer besseren Zukunft zu träumen.

Oderbruch 1997

Was ihn nach so vielen Jahren an die Oder, an den Ort getrieben, von dem aus er, über eine von den Russen über den Fluß geschlagene Pontonbrücke hinweg, seinen Marsch in die Gefangenschaft angetreten, wußte Helge nicht zu sagen.

Während der langen Jahre, die er nun schon in der Heimat weilte, hatte Helge die Erinnerungen an seine Fronterlebnisse und die Gefangenschaft in den hintersten Winkel seines Gedächtnisses verdammt, hatte auch nur ganz selten über das von ihm Erlebte gesprochen. – Und plötzlich war alles wieder so gegenwärtig, als hätte er es erst gestern erlebt.

Versonnen blickte Helge auf das träge dahin fließende Wasser der Oder, sah zu der einstmals noch frei stehenden, nun von hohen Bäumen verdeckten Kirche von Güstebiese, den polnischen Namen wußte er nicht, hinüber, wendete sich ab und wanderte ein gutes Stück weiter ins Land hinein, setzte sich auf eine, an einer Hecke stehenden Bank und blickte in das offene, sich weit dehnende Land.

Und glaubte plötzlich in der von der von Hitze flimmernden Luft die Seelen der hier gefallenen Soldaren zu sehen, die wie nach ewiger Ruhe suchend ruhelos über ein Land streiften, daß von tausenden Granaten und den lauten, schmerzhaften Schreien der sich wild aufbäumenden Erde begleitet, gründlicher umgeworfen worden war, als es der Pflug eines Bauern jemals vermocht hätte.

Er erhob sich und versuchte mit einer fahrigen Handbewegung den Schleier fort zu wischen, der sich vom Flimmern der Luft oder den nicht geweinten Tränen vor seinen Augen gebildet hatte. Ein wie gequält klingender Seufzer drang ihm aus der Brust. Er drehte sich um, ging zu seinem Auto und fuhr, ohne sich noch einmal umzusehen nach Berlin zurück.

Herstellung: Books on Demand GmbH
ISBN 3-8311-3452-9